君今不幸离人世

国有疑难可问谁

——选自毛泽东《七律·吊罗荣桓同志》

少年罗荣桓

罗孟溪 著

北方联合出版传媒（集团）股份有限公司
万卷出版公司

ⓒ 罗孟溪 2019

图书在版编目（CIP）数据

少年罗荣桓 / 罗孟溪著. — 沈阳：万卷出版公司，
2019.12
ISBN 978-7-5470-5231-0

Ⅰ.①少… Ⅱ.①罗… Ⅲ.①纪实文学 – 中国 – 当代
Ⅳ.①I25

中国版本图书馆CIP数据核字（2019）第253004号

出版发行：北方联合出版传媒（集团）股份有限公司
　　　　　万卷出版公司
　　　　　（地址：沈阳市和平区十一纬路25号 邮编：110003）
印 刷 者：辽宁新华印务有限公司
经 销 者：全国新华书店
幅面尺寸：170mm×240mm
字　　数：200千字
印　　张：16
出版时间：2019年12月第1版
印刷时间：2019年12月第1次印刷
责任编辑：张洋洋
封面设计：张　莹
版式设计：范　娇
责任校对：高　辉
ISBN 978-7-5470-5231-0
定　　价：45.00元

联系电话：024-23284090
邮购热线：024-23284050

序

中国 20 世纪的百年，风云际会，思潮激荡，英雄辈出，可歌可泣。湖南虽为内陆，但革命领袖风范却引领百年风流。这样无比辉煌壮阔的历史，使湖南拥有得天独厚的红色文化资源，也毫无疑问是国内红色文学的重镇，自然吸引了许多作家耕耘这片红色的土地。这是一个不可忽略的文学现象，也是一笔巨大的精神文化财富。

我一直对这些作家心怀敬意，他们的作品，不仅记述了一段远去的历史，更是对我们今天人们精神面貌的观照。中国 20 世纪百年历史，中国共产党无疑占据这个历史舞台的中心，如果对历史的叙述缺少了这样的主角，无疑是历史的遗憾。

今岁暮春，素未谋面的梦海①先生，托人给我送来他潜心创作的长篇纪实文学《少年罗荣桓》，嘱我为之作序。事先我并不知道梦海何许人也，后来才得知他是罗帅的侄孙。据说，他写这本书，是为了了结一个心愿，给自己一个交代。我揣测，这也许是梦海先生

① 梦海：作者罗孟溪的笔名。

作为一个罗家后人的使命感吧。不管他是以文学的形式，为罗帅立碑也好，立传也好，我们终究是多了一个了解少年罗荣桓的窗口。作者为了写这本书，在罗帅故乡南湾多方采访与考察，翻阅了大量文献资料，历时两年，数易其稿。这种严谨的写作态度，让人感佩。

我对这部文学作品抱有很大的期待。目前关于罗帅的著述并不多，似乎仅仅找得到一本《罗荣桓传》，而且记述的是罗帅运筹帷幄的戎马生涯，而关于罗荣桓的青少年生活，则是一个空白。尽管我们可以通过多种渠道查阅到一些资料，但都是零星片段，并不完整。梦海先生的这部纪实文学可以说是填补了这个空白。通过这部作品，我们可以很清楚地了解到罗荣桓的成长经历。作者与罗帅的血缘关系，决定了他比其他人要更为了解和熟悉罗帅。家庭熏陶和家风教养自不必多言，作者在南湾出生成长，并在罗荣桓纪念馆工作多年，可以说，他对他这位叔祖比其他人有着更多的了解和思考。

本书选取了罗荣桓少年时期这一人生阶段来写，因为这个时期的罗荣桓，是他们家人熟悉的，是南湾人熟悉的，是南湾熟悉的。在战场上运筹帷幄、指挥千军万马、建功立业的罗荣桓，自然更富传奇色彩，但这不是作者所熟悉的。据作者自己说，罗帅的戎马生涯不是用一本书可以悉数展现的。从这一点看，作者是深谙文学创作之道的，写自己熟悉的人与事，才最得心应手。

在作品中，少年罗荣桓的形象跃然纸上，鲜活地呈现在我们面前。罗荣桓从小天资聪颖，少有大志，同情穷人，富有爱心，受到良好的家庭教育。特别是父亲进步思想的影响，使其一步步走上救国救民的革命道路。读完作品后，我们可以画出他成长的路线图，尤其是精神上的路线图。他一生的教育从南湾私塾开始，到新学堂岳英小学，再到梅级湾高级私塾，再到长沙谊群补习学校，再到青岛大学，再到南下广州。正是他的求学之路，使他的视野逐渐扩大，对国情的认识越来越深入，思考越来越成熟，更是决定了他最终的人生选择。他在长沙求学时，正值五四运动，他是积极的参与者与组织者，上街游行、发放传单、发表演说都有他的份儿。受此民主思想的影响，他在南湾办夜校，成立学友联合会，提倡男女平等，反对妇女裹脚；为了反帝反封建救民救国，他在青岛大学读书期间，与同学效仿各地实业社的模式，筹办"三民实业社"，生产肥皂和火柴，抵制日货，甚至还想留学海外，但直到后来在广州接触革命志士，亲眼看见革命形势后，才明白："所谓的教育救国、科学救国、实业救国都是行不通的，只有拿起枪杆子推翻反动统治，穷苦人才有救，中国才有希望。"尔后，他风尘仆仆地回到南湾，创办农会，投身革命事业。

从罗荣桓的成长经历上，我们可以见到一个特殊时代对这一代青年的影响。罗荣桓之所以最终选择那样一条道路，是时代使然，是那个时代进步青年的必然选择。国家的贫弱，民族的危亡，马列主义在中国的迅速传播，使一大批热血青年毫不迟疑地投身救亡图存的革命运动中。正是这样特定的历史环境，造就了少年英雄罗荣桓。

在作品中，作者还浓墨重彩地刻画了罗国理——罗荣桓的父亲，这是寓有深意的。国理先生并非一般乡村族首，他宅心仁厚，身怀正义，明辨是非，接济乡里，支持办学，而像他主持的火烧戏台、禁毒禁烟、为民申冤这样震惊一方的事情更是见出他的胆识。可以说，他是罗荣桓思想上的启蒙者，他为罗荣桓的人生上了第一课。

作者在罗国理身上倾注了许多的笔墨，详尽地记述了他是怎样处理罗姓家族内忧外患的事务与自己一家老小的艰难生计的。他不自觉地参与了南湾这个小地方的政治生活，一次次被卷入各种地方和宗族是非，在各种矛盾中费力周旋。这是一个旧时代开明进步的乡绅。作者竭力写他，目的是突出罗荣桓成长的家庭基础和教育背景。

更值得肯定的是，这部文学作品可以说是20世纪初叶中国乡村政治生活的图景。

作者通过罗国理与南湾各方势力的较量，反映了当时社会存在的种种不可调和的矛盾。同时，还通过南湾人民在各个阶段的不同反映，从侧面反映了八国联军入侵中国、义和团运动、辛亥革命、五四运动、北伐战争等重大的历史事件。作者将整个中国的变化与汹涌澎湃的革命形势都搬上了南湾这个舞台上。

　　可以说，南湾这个小地方，也是20世纪初叶中国乡村的缩影。

　　人物传记最重要的是史实的真实。本书所记罗荣桓青少年时期的史实，作者勤勘细察，不凭空臆造，我以为是其最具价值之处。中国最优秀的传记作品《史记》，首先是用史家的眼光审示历史，其次是用文学家的眼光去取舍历史，这就让传记不仅具有重要的历史价值，而且具备了很高的文学价值。《少年罗荣桓》值得我们为其呐喊的是，它还原了一个真实的少年罗荣桓。全书用笔朴实，善于在事件中塑造人物，用细节刻画人物。

　　无论从什么角度说，这都是一本好书，我为这本书的问世吆喝几声，也为为实现自己的理想、追求自己人生目标而写作的作者助阵。

梁瑞郴

（当代著名作家、湖南省作家协会名誉主席）

罗荣桓夫人林月琴（中）、罗荣桓之子罗东进（右）、作者罗孟溪（左）

罗荣桓故居

目 录

第一章

锦绣南湾，荣桓出生

书香世家

　　湖南的衡东与攸县交界处，有片十余平方公里的小平原，叫南湾垅。自古以来，小小的南湾垅被冠以地灵人杰之名。说它地灵，除了风光旖旎、山清水秀外，著名的"八大景观"曾饮誉荆楚，且每处景观极富神话色彩，其中惩恶扬善的传奇故事一直传咏至今。追溯到人杰，更是有目共睹。清朝乾隆年间，罗湘舟就是从南湾新大屋飞出的金凤凰，经三试科考，金榜题名，被钦点为翰林院庶吉士。而这里历朝历代七品以上的官员不胜枚举，举人秀才更是难以数计，特别是开国元勋罗荣桓元帅在这块土地上诞生以来，南湾更是闻名遐迩，备受瞩目。

　　19世纪末，地域偏僻的南湾可谓是山高皇帝远，交通十分闭塞。偌大的一片田垅，南北通道只有一条约两米宽的青石板马路，马路从南湾穿街而过。于是，南来北往的人气给南湾街带来了商机，南湾街的店铺便多了起来。店铺一多，人气更旺。街上除了十余家日杂店铺和染铺外，还相继建起了三栋罗氏宗祠。宗祠的规模如同寺庙般恢宏，看上去雕梁画栋，肃穆庄严。商铺和祠堂的云集，使南湾街成了这一方的闹市。

那时候，祠堂是上敬祖宗下行家法的所在地，所以每个姓氏都有它的宗祠，但像南湾街三个罗氏祠堂一字排开的并不多见。南湾街同姓宗祠的集中修建，固然有它的历史缘由。按南湾垅的人数计算，罗姓在南湾垅是个大家族，约占整体人数的三分之一。按当时的风俗，子孙达到一定数量时，根据祭祀祖先和实施家法的需要，都分别建有各族系的宗祠。由于南湾街地理位置独特，加上南湾街基本是罗姓人的聚居所在地，又从交通是否便利等方面考虑，罗姓的宗祠便相继建在了南湾街。比如威伯公祠、令德公祠、壶山公祠等。

当时的南湾垅人口顶多不过三千，房屋分布也较稀散，穷苦人多，富人只有那么几个。富人中，除了下垅里肖家大屋富甲一方的肖玉山外，当推肖家新屋和神堂冲大屋为先。南湾自古以来名扬四方。近处说，南湾街才叫南湾；若在远处说，北至长岭，南到下垅里，延绵二十余华里，统称为南湾垅。这里所指的南湾垅，是这块狭小地带的平原。有人说南湾的地貌呈椭圆形，像只硕大无朋的鸡蛋。要是拿鸡蛋比作南湾垅，那么南湾街就是鸡蛋里的蛋黄了。南湾垅除了南北口子敞开外，几乎全被青山包围着，四周山脚下葱葱郁郁的密林中，建有大大小小的房屋。房屋规模较大的主要有新大屋、老大屋、肖家新屋、神塘冲大屋，等等。这些房子的主人，多数为当地的财主乡绅。当然也有例外，有世代虽居住在祖传的瓦房里，却过的是衣食难保日子的穷苦人家。比如坐落于南湾垅东边山脚下的新大屋，看上去房屋格局气势恢宏，五横三进，房子达八十余间，但里面住着二十多户人家。他们都是罗姓人，供着同一个祖宗。后来子传孙，孙又传孙，代代相传。子孙虽然发达了，田地和房子却没能增加。既置不了地，也没钱盖新房，每家只能几代同堂，挤住在祖宗遗留下来的两三间房子里，过着十分清贫的日子。

南湾的新大屋是罗荣桓的出生地。新大屋始建于清朝雍正年间，屋前有一块五百多平方米的大坪，被大屋两侧延伸出来的红砖围墙围着。正屋大门的正前方五丈开外，有一道宽三十米、高七米的照墙，把大门远眺的视线遮住，据说能起到聚财的作用。照墙前面有两丘"照丘田"和一口水塘。围墙正西面是进出新大屋的牌坊，内侧两边分别有两根旗杆桩座。大门正上方悬挂着一块"奉天敕命"的匾额，据记载为乾隆皇帝所赐。屋后有数十棵两三人才能合抱的大樟树，像撑着的一把把绿色的巨大雨伞，把新大屋一大片屋宇紧紧遮住。尽管房舍四周有些是逐年扩建起来的杂屋，但房屋整体布局十分协调壮观。特别是正厅，进门要经过两道厅堂与天井才能到达。正厅立着一个巨大的木雕镀金神龛，神龛分上、中、下三层，按辈分供奉着罗氏祖先的神位。正上方供着的一块高大醒目的神位牌，雕刻着"显考罗公威伯老大人之神位"十二个镀金大字，两旁的牌位依次按辈分大小排列。罗威伯是新大屋罗姓一支的开山祖，为黑田罗氏宿派十一代祖宗，明朝末年曾任地方小吏，被敕封为修职郎和文林郎，相当于现在的学士学位与硕士学位。罗威伯生有四子一女，第三子罗异三曾任善化县训导，并生有六子。长子罗南村于清朝雍正年间任福建延平府将乐县知县。罗南村因不满政府官场的腐败，辞官举家回乡

罗荣桓之父罗国理

后，便盖起了这座瓦房，据说盖房时还经历了这么一个小小的插曲。罗南村在任上有了一点积蓄，儿孙又多，想把房子盖得气魄点。房子盖起来不久，当地有人心生忌妒，一状告到衡山县衙，说罗南村"私造衙门"。那时"私造衙门"是不允许的，罗南村闻讯后，虽然知道房子除了外墙气势有些像衙门外，里面的布局是完全不相同的，但他为官多年，当然晓得官府雁过拔毛的内幕，为不至于惹出什么麻烦，于是当晚组织上百人把房子拆矮三尺，又拆除了几座翘栋，四周墙壁还涂上青苔，看上去像是栋建了多年的老民宅。第二天县衙派人上门察看时，他当场否认了告状人的说法，化解了一场风波。房子盖起来后，因祖先皆由老大屋系出，便将房子取名为新大屋。罗南村生有四子，第四子罗莹斋于乾隆年间曾任常德府桃源县训导。罗莹生子四人，第四子罗元亭被晋封为

罗荣桓之母贺氏

清朝的奉政大夫。罗元亨生子九人，第九子罗汇吾是个国学生，例授直隶州加二级清封敕授奉政大夫，郡庠生。罗汇吾一生以教书为业，生有三子，第二子便是罗国理。罗国理即中华人民共和国开国元帅罗荣桓的父亲。

罗国理八岁那年，父亲罗汇吾英年早逝，他与母亲董氏相依为命，经营祖上留下来的微薄的田产，生活过得十分清苦，二十岁时娶妻贺氏。贺氏是当地庙冲一户贫苦人家的女儿，出嫁那天，罗国理因拿不出雇轿子的钱，在征得贺家同意后，不顾乡亲们的冷嘲热讽，用肩背把贺氏背回了新大屋。

那时候嫁女，新娘都要坐大红花轿嫁到新郎家的。那时嫁女习惯成自然，即便是迎娶的轿子差了等次，女方也有因此而拒绝发嫁的，更别说是用肩膀背新娘了。国理不图虚名，不畏人言，贺家也体谅罗家的困境，心甘情愿让国理把女儿背回南湾。这一举动，成了当时南湾垅的一大新闻，甚至称为开天辟地的奇闻，被议论了许久。不管别人如何去说，罗国理充耳不闻，全然不予理会。

贺氏嫁给国理后，上敬婆婆，下抚儿女，相夫教子，纺纱锄园，里里外外样样是能手，是国理称心的贤内助，受到邻里交口称赞。罗国理只读过几年私塾，由于好学，四书五经烂熟于心，又写得一手漂亮的毛笔字，颜、王字体模仿得惟妙惟肖，二十多岁时便在本地的一个私塾里教书，大家都亲切地称他理先生。除了教书，他又以耕种祖上留下来的一石多谷田维持生计，家道虽不富有，却爱接济穷人，好打抱不平，深受大家的尊敬，三十岁时就被族人推举为南湾的罗姓族首，掌管族中的事务。清光绪二十六年即公元 1900 年，也就是国理三十一岁那年，国理夫妇已生有四儿一女，加上母亲，全家八口人挤住在新大屋前厅右边的两间窄小的厢房里。

乱世匪患多

1900 年的年底，随着冬天的来临，南湾垅的空气除了寒冷，同时也变得十分肃杀。有好几个出去做生意的商人纷纷回到了南湾，并带回了各类惊人的消息。有人说鹰钩鼻子的外国人已于几月前占领了天津和北京，烧杀抢掠，无恶不作。又有人说，山东民间组成了义和团，打着"扶清灭洋"的口号，组织了一支庞大的民间武装抗击外国军队。一时间，南湾垅的民众谈洋色变，街头巷尾三三两两的人在议论、在打听着，担心洋人有朝一日会来到南湾。如此紧张的气氛，像是厉鬼将要缠身，弄得家家惶恐不安。乱世匪患多，这时，盘聚五十华里外四方山上的一股土匪也伺机而动，常常下山抢劫百姓的财物。不是今天此地遭匪抢，就是明天彼处被匪劫。闻此消息，南湾垅家家户户不等太阳下山就紧闭大门，路上也早早断了行人。一向喧嚣繁荣的南湾街，此时也变得异常沉寂了。

身为族首的罗国理，看到眼下这种凄凉的景象，心急如焚。他召集族内几个头面人物商量御匪的办法，以此保一方平安，安定混沌的人心。经过一番筹划，最后议定以防带抗，按屋场分片明确了几名守夜人，发现土匪的踪迹就立刻鸣锣示警。一闻锣声，妇孺负责看护老人小孩儿，年轻力壮的都要手持梭镖、鸟铳赶往匪劫地点，抗击土匪。同时，家家户户又掘了藏匿粮食的地窖。这样一来，御匪的能力比原来要强多了，但国理总是放心不下，权宜之计毕竟不是长久之策。土匪都是些亡命之徒，又持有真枪，倘若土匪来得多了，乡民毫无反击能力，只有挨抢子儿的份儿。

这天晚饭后，国理把母亲董氏与妻子贺氏请到房里商量说："如今内忧外患，世界不太平。洋人入侵，匪患不断。乡民手无缚鸡之力，真要是洋人或土匪来了，只有被动挨打的份儿，这可如何是好啊！"

董氏叹了口气道："是啊，摊上这么个世道，又有什么办法啊！"

贺氏知道丈夫有话说，便说："你是一族之首，大家都在看着你，你有责任保护好乡亲们。我们一个妇道人家，也拿不出什么好主意，你说怎么办就怎么办吧！"

国理道:"遇上这个世道,我也是无能为力啊!土匪神出鬼没,不知哪一晚会抢哪一家。眼下,只有乡民们齐心协力拧成一股绳,才能结成抵御土匪的力量。土匪有刀枪,我们不能蛮干。我在想,首先要动员大家学好防身本领,有了本领,再预备些大刀和鸟铳,遇上土匪来了,凭借本地人多势众的优势,才能对付得了。只有这样,方能镇住土匪。所以,我想让柏弟①去拜师习武,学好了本事再回来传授给其他的乡民,你们看怎么样?"

贺氏当即表示赞同,董氏却忧虑地说:"柏弟才十四岁,还是个不蛮懂事的细奶崽,能受得了那份苦吗?"

国理叹道:"十四岁也不算小了,过几年就要娶亲生子了哩。"

贺氏附和道:"让他历练历练有好处,娘,就让他去吧!"

秋收过后,国理把长子柏弟送到了不远处包老坳一个武师家拜师学艺。武师姓周,四十余岁,武功十分了得。据说他人立在那儿,犹如一座铁塔,十几人也拉他不动。打起拳脚来,那更是呼呼有声,风雨不透。周武师很是敬仰国理的人品,平时与国理颇有来往。当听说国理要把自己的长子送来学艺时,自是十分赞成,欣然收下了这个小徒弟。每日里,教习柏弟站桩挥拳踢腿,勤学苦练不在话下。

---

① 罗国理长子。

乳名宗人

1902年农历十月，才脱下秋装的大地一下子进入了隆冬的寒冷天气。中上旬还是艳阳高照，进入下旬，像进入了冰火两重天。浑浊的天空乌云密布，呼啸的北风如鬼哭狼嚎般令人惊悸。到了二十六日这天，天空竟飘飘扬扬下起了棉絮似的雪花。漫天飞舞的雪花顷刻间将大地披上一层厚厚的银装。天尚未完全断黑，家家户户已是大门紧闭，静静地围坐火炉旁取暖，许多人家连桐油灯也不敢点，生怕灯光会招来土匪。

国理家也一样，桐油灯虽然亮着，朝外的窗户已用草席遮蔽。国理喜欢看书写字，挑灯夜读是他多年来的一个习惯，只要有空闲，他就一头扎进书堆里，聚精会神地看看书，或写写毛笔字。这天晚上，吃完晚饭后，他照例拿起《论语》，伏在如豆的桐油灯下看了起来。妻子贺氏哄着几个子女入睡后，挺着大肚子又开始纺起纱来。已在一旁纺纱的董氏劝道："你快要分娩了，今晚又冷得出奇，就不要来纺纱了，早点去歇息吧。"

贺氏温和地一笑："还早哩，您那大年纪了还照样在纺纱，我如何能安心早困啊。"董氏知道劝不住她，只得摇头叹了口气，把屋中的火盆移到了贺氏旁边。

多年来，她们婆媳俩每晚就这样相伴着在纺车旁默默地摇动着纺车，不知疲倦，也从没抱怨过。一根根银线从手中滑过，一丝丝希望涌上心头。为了这个家，她们心照不宣为国理承担所能承担的一切。国理想劝贺氏，知道再劝也是多余。自己那点儿教私塾的酬劳少得可怜，几亩薄地又收成不好，不是水涝就是旱灾，要不是她们婆媳俩白天黑夜靠纺纱拿到集市去换些钱，遇上地里收成不好，全家八张嘴巴就有可能要挨饿了。这会儿，雄鸡已扯开嗓门"咯咯咯"叫起了头遍，贺氏刚想挪动一下麻木的右腿，突然感觉肚子里蠕动了一下，接下来便是一阵阵的绞痛，额角不由沁出了细密的汗珠。她左手按住肚子，右手扶着纺车架子站了起来，对正低头纺纱的母亲说："娘，我有点儿不舒服，先去困了，您也早点歇息吧。"董氏抬头说："好，你先困吧，我纺完这团纱就去困。"

董氏纺完手中的一团棉纱时，鸡已啼过第二遍了。她收拾好纱团捆到一处，便来到了卧房。卧房摆有两张简易的棱板床，靠里边的床上睡着八岁的孙子晏清和四岁的孙子壬甲①，她与十岁的孙女翠英睡在靠门边的床上。两岁的璇魁②跟他的父母同睡一屋。她先为晏清和壬甲掖好被子后，才躺了下来。她想起儿媳妇刚才的举动，有些放心不下，人虽躺在床上，并未睡去，静静地倾听着对面房间的动静。

此时的贺氏躺到床上后，肚子一阵一阵地疼痛，浑身沉沉的。这样躺了一会儿，似觉没刚才疼了，忽感格外疲倦，不知不觉间进入了梦乡。突然，贺氏感到肚子一阵钻心的疼痛，沉沉呻吟了几声，人也跟着醒了过来。此刻正准备上床睡觉的国理见状，忙伏身问道：

"是哪里不舒服？"

---

① 晏清为罗国理次子，壬甲为罗国理三子。

② 罗国理四子。

贺氏喃喃道："肚子有点儿痛。"

国理双眉一展："是不是要生了啊？"

贺氏点点头："是该到月份了。"

国理闻言，忙转身到对面房里叫母亲。董氏刚才听儿媳说肚子痛，猜想是要生崽了，上床后根本就没敢合眼。闻国理来叫，赶忙穿好衣服来到贺氏床前，右手伸进被窝探了探，笑呵呵对国理道："你去老大屋把德婆婆请来，快去快回！"

"好！"国理答应一声，急忙提了盏马灯，接过母亲塞过来的一根木棍，顶风冒雪消失在白皑皑的雪夜中。

这年的雪下得比往年要大，呼啸的北风像千万只口哨在鸣叫，吹得棉絮似的雪花满天飞舞。远山近坳，田地草木，屋宇池塘，全都穿上了白衣、戴上了白帽。虽然夜已很深很沉，天上灰蒙蒙的也见不到月亮，然而雪光白得耀眼，在银白色雪光的作用下，远近景物仍依稀可辨。

国理左手提着一盏马灯，右手拄着木棍朝老大屋走去。新大屋离老大屋原只有千米之遥，由一条弯弯曲曲的田间小路相连。若是在平时，喝一盏茶的工夫便可到达。可此时的雪絮十分稠密，眉睫上也挂满了雪花，走几步要用手扫去雪花才能看清前面的路。此时，脚下的积雪已有一尺余厚，完全分不出哪是路、哪是坎、哪是田、哪是塘。他只能凭大概方位深一脚、浅一脚往目的地赶。遇有凹陷处，便用木棍探探前面的路。此时他心中只有一个念头，尽快赶到老大屋把德婆婆请来。

国理出门后，董氏也没能闲下来。她往火炉屋的火盆里添上一把木炭，等火旺烟熄后端到贺氏房间，罩上三脚架，用紫砂壶烧了一壶开水，又从衣柜里找出一堆衣服，这些衣服是孙子们婴儿时穿过的，早预备好了。她将衣服摆在床头，接着又端来一只木盆。一切准备妥当后，她坐到了贺氏床前，右手伸进被子轻轻为儿媳抚起了肚子。此时的贺氏忍受着极大的痛楚，颤声道："娘，太辛苦你了，你去困下吧。"董氏笑了笑："我不困了，也困不着啊！"又起身透过窗户向外张望，有些焦急地呢喃道："国理去那么久了，怎么还没把接生婆请来啊。"她想了想，又返回自己卧房，从柜顶拿出一把线香与纸钱来到了厅屋神台下，三叩九拜，求祖宗保佑儿媳平安分娩。

正在这时，随着一阵狗吠声，国理扶着德婆婆进了门。董氏大喜，忙迎上前，一边为德婆婆拍打身上的雪花，一边陪她来到贺氏床前。德婆婆双手在董氏端来的热水盆里泡了一会儿后，便把手伸进贺氏的被窝探了一下，问道："如今感觉如何？"此时的贺氏已是大汗淋漓，摇头道："好痛！"

"嗯，水衣破了，快要生了。婶娘，我们把她扶下床。理先生，你把四公子抱到婶娘房间里去困。"德婆婆吩咐道。待国理抱起璇魁出门，董氏顺手关上了房门。

国理把璇魁放到母亲床上，又为其他几个孩子掖好被子，便来到房门外静听房内的动静。房里不时传出贺氏低沉的呻吟声，他的心随着妻子的叫喊声在起伏，一会儿沉入了脚底，一会儿又蹿到了嗓子眼。自从贺氏嫁过来后，已为他生了四儿一女。她勤劳贤惠，一年四季从早忙到晚，也从没抱怨过。多亏有了她，这个家才像个家了。这些年来她太辛苦了，愿祖上神灵护佑她平安产下这一胎。想到这儿，国理便拿出线香与纸钱来到祖堂神台下焚烧祭拜起来。

五更时分，正当国理在屋外焦灼不安时，突然房间里传出了婴儿"哇哇"的啼哭声，声音高亢，在这寂静的夜晚，显得格外洪亮，仿佛是在呐喊！

国理悬着的心落了地，焦虑得绷紧的脸也松弛了，他轻击双掌，反复念叨道："生了，终于生下来了啊！"随之他赶忙来到房门外静候。没一会儿，德婆婆已把婴儿洗干净包好，拉开门笑眯眯道："理先生，我就晓得你在门外，恭喜你又添了个五公子啊！"国理笑逐颜开，忙抱过婴儿细细瞧了一番，连声说道："好！好！"

其实，国理早已想好了，若是个男孩儿，为感谢祖宗的恩泽，便取乳名叫宗人！

这个宗人，便是后来征战疆场、为中华人民共和国成立立下赫赫战功的开国元勋罗荣桓元帅。

此时，东方的天际已开始现出鱼肚白，国理拿起一挂事先准备好的鞭炮，打开大门燃放了起来。

送德婆婆回老大屋后，国理笑眯眯地来到床前，从妻子身旁重新抱起五儿左瞧右看了起来，他笑哈哈道："你看五儿长得多富态！呵呵，母子平安，搭帮祖宗保佑啊！"

贺氏爱怜地望了丈夫一眼，微笑道："看把你乐的，如今又添了张嘴巴，时局又不好，你肩上的担子更重了啊！"

国理沉静在喜添五儿的欢乐中，笑着安慰妻子道："这个你不必多虑，只要有我们在，即便砸锅卖铁，也要把他们养大成人！"

贺氏点点头，叹气道："要是世间能够清泰平安，没了土匪地霸，也许日子能好过点。"

听妻子说到这里，国理点了点头，双眼盯着窗外，没有再说什么，似乎陷入了沉思之中。

第二章

荣桓抓周，一语成谶

护卫队成立了

流经南湾垅的小河流穿过南端的窄小山嘴,进入另一条长垅,然后不偏不倚从垅中央直泻而下,像一把利刃,把一条长长的田垄成纵向断开。河流东边居住的是罗姓人家,叫罗家垅;河流西边居住的则全是肖姓人家,叫下垅里,就连两族中的宗祠,也建成对垒之势。罗姓人在东边的山脚下建有罗家大祠。而肖姓人呢,也在西边的山脚下建起了肖家大祠。两祠堂中间只隔着一条小河和十几丘稻田,建筑规模相当,大门也成对峙之势。罗氏祖先罗黑田是这一方的开基祖,祠堂便以他的名字命名,叫黑田罗氏宗祠,也是罗姓在这一方的总祠堂。而肖家大祠也含有总祠堂的意思。历年来,虽说肖、罗两族是当地的大族,关系有些微妙,表面上却也相安无事。当时的封建势力十分猖獗,强者为王弱者亏。住在黑田祠侧面的罗西木,仗着家中的两百石田租,横行乡里,六亲不认。虽不是族长,却屡屡干预族中的事务,是个人见人恨的狠角色。肖姓人中,虽说书儒肖宗潘是肖姓的族首,为人公道正派,但只是一个教书先生,终究受肖家大屋肖玉山的牵制。遇到族中大事，先得看肖玉山的眼色。肖家大屋的肖玉山是方圆百里的一大首富，家有田租三千石，房屋数百间，光是屋里的长工佣人就达百人之多，家产多得连他自己也没个准确的数。

俗话说：乱世强盗多。近些天来，南湾及周边地区频遭土匪抢劫，闹得鸡犬不宁、人心惶惶。前天的晚上，老大屋有户人家遭遇了一股土匪抢劫，除家财被洗劫一空外，土匪还打伤了一个上前阻拦的老人。如今这老人躺在床上已是奄奄一息。昨天半夜里，又有一股土匪砸开了罗家垅一户人家的大门，抢走了一头耕牛和家中的所有粮食，这户人家的主人寻死觅活，找来一根麻绳要上吊，幸被发现得早才没闹出人命来。土匪的肆虐猖獗，搞得家家户户惊慌失措，谈匪色变。谁家要是小孩儿哭夜，只要说声"土匪来了"，小孩儿便会立即止住啼哭，钻到父母怀中，屏声敛气、鸦雀无声了。

到处遭遇匪劫的消息汇聚到了罗国理的耳朵里。作为一族之首，他为无力保护乡亲们的生命财产安全而心急如焚。在经历了数个不眠之夜后，这一天，天空正下着毛毛细雨，国理吃过早饭后，便提了两块腊鱼腊肉，夹了把油纸伞，急急忙忙赶到了包老坳的周武师家。

来到包老坳时，周武师一家正在与柏弟吃早饭。见国理来到，周武师忙放下碗筷招呼国理到客厅坐下，敬过茶后，周武师首先问道："看理先生神色如此不安，莫非家中发生了什么事？"

国理微笑道："我家中倒没什么事，只是近日来土匪猖獗，抢劫了多家的财物，又打伤了人，我身为一族之首，为不能保护乡民而茶饭食之无味。今天冒昧来打扰周师傅，一是来看望你，感谢你一年来教习柏弟的恩德；二来嘛，有个事还要与周师傅相商。"柏弟赴包老坳拜周武师习武已近一年，一年里，除了过年过节外，国理从不让柏弟回南湾，为的是让他安心习武，早日艺成。

此时，周武师听国理这样说，摆了摆手豪爽道："理先生您就别说那些客套话了，您把柏弟放我这儿，是看得起我。您今天来找我什么事，您说吧！只要我周某能做得到的，定当竭尽效力。"

国理与周武师交往甚厚，知道他的豪爽性格，点点头，便谈起了匪患如何猖獗，百姓又是如何战战兢兢过日子，接着又谈了自己的想法。为抵御匪患，保乡安民，国理想成立一支护卫队，请周武师出任护卫队的武术教练。周武师听完国理的一席话，沉吟片刻，拍了拍胸脯道："为今之计，兵来将挡，水来土掩，也不失为一个好的办法。至于说请我出任教练一事，这有何难。保乡安民本是我们习武人之职责所在，何况又是理先生亲自来请，小弟定当效力了。"接着他叫来了柏弟，让他表演一套拳脚让父亲过目。柏弟来到屋中拉开架势，在厅中央打起了一套南拳。他虽只有十五岁，那桩步，那架势，施展起来呼呼有声，一年来进步不少。

国理看完，赞许地点了点头。

待柏弟出门后，周武师道："柏弟勤学，天赋又好，是块习武的好料。"

国理道："柏弟愚顽，全靠周师傅教习有方了。"

周武师稍谦逊了一番，接着道："我看这样吧，柏弟的武功基础也差不多了，再历练几年，将会更加精进。至于成立护卫队习武的事，也只能循序渐进，先挑选一些精壮的汉子，由我教授一些拳脚基本功夫。如我有事不在，就由柏弟代理教习之职，不知理先生意下如何？"

国理忙施礼道："好，有周师傅这句话，我也就放心了！"

国理回新大屋后，立即召集本族几个头面人物商量成立护卫队的事。最后决定，每个大屋场各挑选两名精壮青年加入护卫队学习武功。经过挑选，护卫队成员合计二十多人。习武的地点就选在南湾街，之所以选在南湾街，是因为南湾街人多眼杂，信息传播得快，借习武以壮声威，也好给那些蠢蠢欲动的土匪先来个震慑，让他们不敢再为所欲为，肆意抢劫了。办好这件事情后，国理悬着的一颗心才算暂时落了地。

这一招还真有些效应。自从南湾成立了护卫队后，土匪投鼠忌器，不敢恣意下乡抢劫了，南湾垅遭遇匪劫的事件明显减少。从此以后，南湾的男女老少都爱上了习武。没事时，大家聚到晒谷坪，轮番施展几路拳脚。久而久之，南湾成为闻名四方的习武之乡。

抓周预言

自从宗人出生后，贺氏便饲养了一群白鹅，令晏清与壬甲每天一早把鹅群赶到屋前的水塘放养，傍晚前又赶回家。二十多只白鹅只只长得肥硕健壮，每天生出的鹅蛋除了做荤菜，还可拿到南湾街集市上换些油盐，贴补家用。据说，贺氏饲养白鹅，一直坚持到她去世，从没间断过。

匪患少了，八国联军的侵略也没殃及南湾，百姓的日子还算太平，时间一晃又过去了一年。这天晚上，国理对贺氏说："五儿宗人在本月的二十七日满周岁，十二月十二日又是娘的六十大寿，婆孙两人的生日只相隔一个半月，我看啊，不如这两件喜事一起办了。"

贺氏笑道："双喜合一既节俭又喜庆，我看要得。爹爹去世得早，娘这辈子为这个家吃了不少苦，该好好为她祝个寿，让她高兴高兴。只是有一点，把她老人家的寿庆日与孙子放到一起办，委屈她老人家了。"

国理笑笑道："话是这样说，其实也没什么。你也看到了，娘是特别喜欢宗人的。她要是知道我们有这个想法，保准会很乐意的哩！"

贺氏点点头说："那也得先征求一下娘的意见再说啊！"说着把手上的玉镯取下来交给国理道："家中底子薄，没什么余钱，办喜事要花钱的，先把这个拿去典当了，多少凑个数吧。"

国理望了望妻子，推却道："这怎么行，它可是你最贵重的陪嫁品啊！"

贺氏莞尔笑道："什么陪嫁品不陪嫁品的，不就是只玉镯嘛！以后生活条件好些了，再赎回来就是了。"

国理知道妻子的为人与性格，她决定了的事，任你再劝说也于事无补，只得先把玉镯收了起来。

董氏的六十大寿转眼即到。寿庆这天，新大屋热闹非凡。按照族中的尊幼，董氏辈分高，又是族首罗国理的母亲，前来贺寿的人很多。同时，今天也是宗人的周岁诞辰日，双喜临门。来客中除了本族的人外，寒水的肖玉山、肖宗潘和乡绅谭宗贤也来了。肖宗潘是个私塾教书先生，和国理一样，也兼任肖姓的族首。他为人正直，思想开明，写得一手好文章。毛笔字也堪称一流，故人称潘先生，在这一方威信较高。论起来，他还是国理的表亲。至于这个谭宗贤，家道富庶，靠贩卖食盐等稀缺物品起家。他为人精明，习惯于自扫门前雪，不多事也不管别人家的闲事，在当地结怨不多。

国理本是想小范围庆祝一下，事前没敢声张。不知是谁将消息透露了出去，不管远的近的，是罗姓、肖姓还是董姓、李姓的人，都蜂拥而来。突然来了那么多的贺客，国理有些措手不及，这是他之前没有想到的。但客人来了就是看得起，除了说些感谢之类的话，还得安排他们入席。原准备的三十桌筵席，远远不够，预计有一半人入不了席。怎么办？国理只得紧急安排，差人四处赶买菜什，吩咐厨房师傅安排延长一轮筵席才作罢。按照习俗，做寿就得举行拜寿仪式。来客首先要向董氏拜过寿才能入席。拜寿仪式安排在新大屋的正厅，神堂上已亮着一支巨烛，董氏被人扶着坐到了神堂下的一把太师椅上，随着"隆隆"的鞭炮声响起，首先由国理夫妇带着子女一一向母亲磕头拜寿，接着便是亲戚族人按辈分先高后低一一跪拜。拜寿仪式足足进行了一个时辰。

拜完寿，神堂上又重新点着了一对红烛，小宗人被国理抱着拜过天地和祖宗神位后，被几位年长的老者围着夸赞不已。肖宗潘从国理手中抱过宗人，哈哈笑道："好你个宗人伢，晓得望着我笑了哩。说起来你不但要叫我表叔，你名宗人，我号宗潘，与老夫可是有一字之缘啰！"又对国理说："理先生，依我看这宗人虎头虎脑，双眼深邃有神，将来定不是平凡之辈。你去拿几样物件来，我倒要试试他将来有多大的出息！"

过去男孩子满周岁，许多人喜欢在周岁这天拿些代表性的东西放到盘子里让小孩子抓，说是抓到什么东西，即可测出他将来的志向如何。这虽然只是一种游戏，并无多大可信度，然而有了这个环节，为庆祝的气氛增加不少。

国理早已准备好了这些，当即亲自端来一个木盘放到神堂上，里面放有一把剪刀、一支毛笔、一尺花布和一块红糖。国理把宗人抱到神堂的木盘前，宗人见了这些东西，似乎眼睛一亮，"哇哇"叫着，俯下身，顺手抓起剪刀和毛笔舞了起来，怔得宗潘大叫道："这徕崽可了不得啰！看来小侄子将来要饱读诗书、征战疆场光宗耀祖了啰！"

在场的众宾客情绪高涨，纷纷击掌叫好！

国理心内十分高兴，却又叹道："在这兵荒马乱的年月，不求他当什么官，只望他能多读点书，平平安安，有碗饭吃就行了！"

宗潘笑道："呵呵！话虽然是这样说，可如今国家正是多事之秋，有血性的男子汉就该站出来保家卫国的。像理先生你，不也天天在为乡亲们的安危奔波吗？要不是你如此尽心操劳，我们这地方哪有今日之安宁呀？"

国理笑了笑，抱拳道："惭愧得很，要不是大家齐心协力共御匪患，光靠我国理一人之力，也是独木难成林啊！"

宗潘笑道："人心齐、泰山移没错，人再齐，若没有个好的领头人站出来，也是徒劳无功哩！"

初识课本

清光绪三十一年，也就是 1905 年，宗人已经长到三岁了。此时的宗人，已是方头大脸，体格结实且机敏聪慧，深得国理夫妇的喜爱。国理想：大树直不直关键在苗子，三岁的宗人已开始懂事了，言辞清晰，反应敏锐。大人说什么话，他一听就知，智力也要比同龄孩子高得多。国理执教私塾多年，颇懂得一些教育理念。常言道：玉不琢，不成器，什么事都是学而知之，引导小孩子的学习兴趣，对他今后的成长至关重要，不能再让他整天玩耍了。

这天晚上，国理把宗人叫到房里，问道："宗人，你已经三岁了，想读书了吗？"

宗人仰面望着父亲，点点头说："想。"

国理满意地点点头，从书柜拿过一本线装唐诗翻过几页说："好，从今晚开始我教你读书，先教你背诵唐人李绅的《悯农》诗，你先听我朗读。"说着便把全诗通读了一遍，读完后又将诗的内容逐字逐句讲解了一遍。这样一连教了几遍，他侧目问宗人道："能背了吗？"宗人点点头。国理说："那好，你背一遍给我听听。"

宗人摇头晃脑，稚声稚气背了起来："锄禾日当午，汗滴禾下土。谁……"背到这里，他望着父亲，不会往下背了。国理和颜悦色道：

"谁知盘中餐，粒粒皆辛苦。"

宗人马上接口背诵了下去。接着又从头背诵了一遍，背完后他望着父亲。

国理夸赞道："嗯，我的宗人背得不错。以后每天都要背一首诗，不只会背，还要理解诗中的意义，懂吗？"宗人点了点头。国理满意地点头说："今晚不背了，你早些睡吧。"

国理的话才说完，宗人没有往卧房跑，而是欢快地跑到火炉屋，蹲到正在纺纱的母亲身旁道："娘，我会背唐诗了！"

贺氏停下纺车笑道："是吗？背一遍给我听听。"宗人便摇头晃脑背了起来，背完后，贺氏满心欢喜道："好啊！我的宗人也会背诗了啰！"一旁的董氏也笑道："宗人天资聪慧，记性也好，将来是块读书的料。"

第二天全家人吃过早饭后，国理正待出门赶往私塾上课，宗人却拉住他道："爹，四哥饭碗里的饭没吃干净。"

国理一笑："要他吃干净就是了，我还有事。"

宗人却不松手，大声道："我说了，还背了唐诗给他听，'谁知盘中餐，粒粒皆辛苦'，他不听我的。"

国理疼爱地摸了摸宗人的小脑袋，冲四儿璇魁道："你听听，宗人比你年少都晓得爱惜粮食，赶快把碗里的饭吃干净，今后不许浪费粮食，听到没？"

璇魁冲宗人做了个鬼脸，爬上桌把自己碗里吃剩的一口饭全吃光了。贺氏点头说道："你看看，宗人比你们都小，却很懂事。一粒粮食一粒汗，以后你们吃多少就装多少，谁的碗里也不许剩一粒饭，听到了没？"

其他几个小孩儿齐声说："晓得了。"

随着儿女的日渐长大，一家九口人仍住在新大屋的两间狭小房子里，就越发显得拥挤了。再说，这年头连年遭灾，穷人多，穷人家孩子上得起学的不多。由此一来，私塾自是不景气，教书先生的报酬少得可怜。国理没了办法，便辞去了私塾教师一职，决定弃教从商。经过一番考虑，他在南湾的临街租下了几间房子，向族人罗国臣借了八吊铜钱，开起了一间杂货铺。杂货铺开起来后，国理看到当地缺医少药，遇上有人病了要跑到二十几里外的高湖去寻医抓药，十分不便，便依靠从《本草纲目》医书上学到的一些医学知识，靠挖草药为主，外加购进一些较名贵的中药，在杂货铺的一侧放置了一个医药柜台，专门经营中草药。

新大屋离南湾街只有五百米之遥，来去较方便。开始，因住房困难，国理夫妇只带着柏弟和晏清住到了南湾街，除了教习一些中草药常识和诊病知识外，又带着他们上山挖草药，挖回来晚上加工切制。董氏带着翠英和壬甲、璇魁、宗人三个孙子，仍然住在新大屋的两间老屋里。后来，为了辅导宗人学习，国理时不时叫宗人来到南湾街，教习他背诵唐诗宋词，传授一些为人处世的道理。宗人也喜欢南湾街,喜欢南湾街的喧闹。特别是在这里，他结识了不少的好朋友。这样过了几年，国理考虑到一家人起两个炉灶煮饭炒菜多有不便，决定白天生活在一起，到了晚上，董氏便领着几个孙子回新大屋睡觉。

随着家庭人口的增多，家中的开销也越来越大。为了把儿女们拉扯大，国理除了种好两亩多地外，便是夜以继日打理好杂货铺和中草药生意。冬春季节天气寒冷，穷苦人缺吃少穿，发病率高。国理便要柏弟带着晏清上山挖草药，自己负责切制加工草药。一入夏秋时节，自己便夜以继日地扇制蚊烟，现扇现卖。那时候的蚊烟，是用草黄纸包着的尺余长、比拇指粗且一头稍大、一头稍小的长条形纸模，纸模里面是锯木屑加硫黄，点着蚊烟后，依靠硫黄烟把蚊子熏走。制作蚊烟专有一个木模具，模具是将一块圆木从中锯开，中间挖出一条槽，然后用铁圈将两块圆木套紧，中间形成了一只蚊烟模型。这时把做好的草黄纸圆筒往模型里一放，再往里灌满配置好的锯木屑与硫黄，用木条轻轻一扇，一根蚊烟就做好了。看起来虽简单，但要有技巧，得掌握分寸。扇得重了，纸盒容易烂。若是扇轻了，中间是空心的，凹陷处容易断，也卖不出去。除了自制蚊烟，贺氏更是白天黑夜不停地纺纱。搬到南湾街后，家里又新添置了一台织布机，两婆媳夜以继日地纺纱织布，织成的棉布经染成花色后，便放到杂货铺出售。由于两婆媳织出的布面平整细密，花色也染得好看，每每放到店铺，当天就被销售一空。这样一来，杂货铺生意渐好，家中的经济状况也有了些新的起色。

济困扶危

1906 年的春节，因上一年遭受了水灾，田里收成不好，加上土匪不断下山骚扰，春节过得有些压抑。大年初一早晨，鞭炮声稀稀拉拉，完全没有了往年的热闹气氛。

国理照例打开财门，放过鞭炮出过行后，天尚未大亮，一家人围坐火炉屋的桌子前吃着桌子上的饭茶。所谓的"饭茶"，都是些花生豆子、红薯皮之类的土产品，每种用小瓷碟装着，摆放到桌子上。往年最多时有十二个碟子，今年东拼西凑才九个碟子。俗话说，大人望插田、细人望过年。小孩儿不知忧愁，照样笑逐颜开，争着嚷着吃碟子里的饭茶。四岁的宗人默不作声，顺手抓起一把花生豆子就往口袋里装。璇魁见了，也伸手要抓，被柏弟拦住道："大人都还没吃哩，你们吃了还扎私。"晏清说："璇魁你大些，不要拿了，奶奶和爹娘还没吃哩，再拿碟子里就没有了。"璇魁缩回手，嘴巴老大不高兴说道："宗人怎么就拿得呀。"晏清说："他是弟弟嘛！"贺氏道："你们吃吧，别吵了。"董氏也笑笑说："大过年的，你们想吃什么就吃吧。"

国理不停地吸着水烟，似有满腹心事。除了思考新年的计划，年一过，儿女们又大一岁了。每年的这个时候，他喜欢对眼前晃动的几个儿子像过滤器一样逐人筛一遍。柏弟武功有所长进，保乡护院是把好手。晏清机敏聪慧，知书达理，持家有方，将来打理生意就全靠他了。壬甲读书勤奋，心眼儿活，是个可造之才。璇魁为人本分，将来耕田种地非他莫属。只有五儿宗人，虽小小年纪，却聪慧过人，心地又善良，且读书天资极好，唐诗宋词只要教上两三遍，他就能背得出来。要真能像周岁时抓周预兆的那样，将来为国征战疆场，封得一官半职，也是我们罗家的世代光荣啊。想到这儿，他紧绷的心一宽，笑着说："晏清说得对，宗人是弟弟，你们都让着他点儿。今年地里要是收成好，铺子的生意也好的话，明年过年时办好多好吃的，到时你们爱装多少就装多少。"董氏也接着说："是啊！你爹说得对，都听话，别争着抢着了。"

按照习俗，大年初一这天，天不亮家家就开始打开大门燃放鞭炮，谓之出行。出过行，一家人围坐一起吃过"饭茶"，然后准备早餐，早餐一般是吃面条，象征全年顺顺当当、健康长寿的意思。吃过面条后，宗人嚷着要跟哥哥们去拜年。国理辈分高，属长辈，又是族首，只宜在家接受晚辈前来参拜，不便出门向晚辈拜年。几个儿子中，柏弟性格豪爽，热衷于练习武功，然礼节上欠缺，不愿领头阵，国理便要晏清为首，和柏弟领着三个弟弟挨家挨户去拜年。哪知才出门，宗人拉开双脚一路飞奔，"咚咚咚"朝街对面的水生家跑去，晏清见状刚要喊他时，宗人已跑到了水生家。晏清担心宗人安全，只好跟在后面追宗人，一行人都来到了水生家。按罗姓字辈，水生爹春生与晏清同属慎字辈，且比晏清年长二十多岁，虽属于年岁长者，毕竟是同辈，不宜双膝跪地行大礼参拜的。于是晏清一行五人向水生爹娘拱手拜过年后，正要出门，宗人却拉住水生躲到一旁，从口袋里掏出一把花生豆子塞进了水生口袋里，还拿出一小挂鞭炮放到水生的手上。水生是春生的独子，与宗人一般大，平时常在一块玩，是好朋友。璇魁见了正要张口，被晏清扯了下衣服，璇魁赶忙不吱声了。于是，一行五人又走向了另一家。

宗人同情水生，不光是在一块的玩伴。水生全家五口人，水生爹春生身子骨瘦弱，三天两头患病，水生娘又患病卧床不起，一家人生活十分拮据，常常是吃了上顿愁下顿。国理对他一家也关照不少，时常送些粮食和草药上门接济。宗人常和水生在一块玩，有时听水生说，一天只吃一碗寡汤粥，常常饿得走路的力气都没有，有时候走着走着就跌倒了。宗人觉得水生一家可怜，十分同情。受父亲的影响，宗人只要自己有好吃的，便要留下一半送给水生。每次国理见了，默不作声，只当没看见。有时国理暗里与贺氏说："宗人年纪虽小，心地善得很喽。谁家这么大的小孩子不是只图自己吃饱，他却晓得省下来接济穷人了。嘿嘿，还不错！"贺氏笑道："有其父必有其子，宗人能这样做，还不是受了你的影响！"末了又说："但愿他们个个有出息才好。只是儿女们越来越大了，家里的开销也大了。求菩萨保佑今年风调雨顺有个好收成，日子才会好过点。"国理点点头，略有所思，心中却在谋划着另外一件事。

第三章

罗国理火烧戏台

第一次理解"人心险恶"

进入春夏，雨水较均，国理家地里的庄稼来势喜人，加上店铺生意较好，家境有了较好的起色。国理家是这样，别的种田人也是这样，丰收在望，人人脸上开始露出了浅浅的笑容。人就是这样，闹饥荒时，会为如何填饱肚子犯愁。一旦肚子有饱的希望了，又会萌生新的想法。当时的南湾街北端有一座快要坍塌的戏台，国理便自己带头出资，又向族人筹集了一些资金，在原址上重新盖起了一座戏台。戏台的上方供着三国时期关云长的一尊木雕像，尊称关帝菩萨。之所以要供奉关帝菩萨，与罗国理的为人有直接关系。从小时候起，罗国理就喜欢看《三国志》，非常崇拜关云长的侠肝义胆。所以戏台建成之后，才把关云长请上戏台，做"镇守一方，保风调雨顺"的大神。戏台建成后，族中每年都要请戏班来南湾唱上十天或半月的戏，以慰神灵。

据说有一年，因闹饥荒，南湾本没打算请戏班来唱戏了。可到了往年唱戏的时候，攸县的一个戏班竟不请自来，国理等人大惑不解，因为之前他毫不知情。按照规定，戏班是要事先派人去预约的，叫作"写戏"。"写戏"须由国理认可了才行。戏班班主硬说是国理派人请来的，并说了去"写戏"那人的模样，班主描述"写戏"的人骑着一匹白骏马，长须飘飘，相貌威严。国理等人听后大惊，怀疑是关帝老爷显灵亲自请来了戏班。于是从此以后，不论年景如何，到了秋收过后，国理便会与族人商量，张罗着派人去"写戏"，每年都照唱不误。

当然，戏不单是南湾能唱，别的地方也同样会请来戏班唱上几天戏，只是名目不同而已。

这年春夏之交的一天，天气过早炎热了起来。国理像往常一样在杂货铺扇制蚊烟，成生匆匆忙忙赶了来，向国理报告了一个消息。原来，南湾西侧的横过冲有个叫莠魁的人，为人刁钻歹毒，平时纠集一班地痞开烟馆设赌场，引诱涉世未深且赌博成性的穷人上当，从中设下圈套诈取钱财。自从罗、肖两大族订立联防保乡公约后，参与赌博的人少了，这无疑断了他的财路，他因此又气又恨。他知道禁赌是人人称道的好事，不便公开反对，便在表面上说支持保乡公约，私下里却恨得咬牙切齿。一天，经人介绍，他结识了浏阳戏班的班主唐知生。唐知生是个满肚子坏水、贪婪成性的家伙。两人一见如故，大有相见恨晚之意。当唐知生听了莠魁的满腹怨言后，心中窃喜，笑了笑，鬼眼珠一转，向他说出了一个牟取暴利的主意。莠魁觉得这是个好办法，当即点头应允。接着两人又商量了半天，最后商定以唱戏为掩护，暗中使人召集南湾垅、下垅里一带的赌徒来横过冲聚赌。戏坪来往的人多，谁也无法弄清谁是看戏，谁是赌博。这样不显山露水，不但能从中设局牟取暴利，还可收取利子钱。戏台搭起来后，戏接着开场了，赌场也热闹起来了。

成生的一个舅舅平时就好赌，听到这个消息后，说是到横过冲来看戏，实际是进了赌场。没几个时辰，把借来给妻子治病的钱输光了不说，还欠下两百铜钱的赌债。因为没钱还赌债，当场被逼写下一纸抵押协议，把家中仅有的三间瓦房抵押给了莠魁。

国理听完成生的话后，怒火中烧，气得猛地站了起来，一拍桌子怒道："他莠魁竟然如此目无乡规族约，这还了得。成生，你去通知护卫队几个精干的青年，就说我有要紧事，要他们明天上午都到南湾街来。"成生答应一声，赶忙去通知人了。

罗成生向国理报告横过冲聚赌的消息时，宗人正蹲在父亲旁边摆弄蚊烟。宗人从小就热爱劳动，只要一看到父亲开始扇制蚊烟，他就来到父亲身旁，帮父亲递纸筒，又把父亲扇制好的蚊烟按每十根一堆，整整齐齐摆放到一起，好让父亲捆扎后拿到柜台上卖。每逢这时，国理一边扇制蚊烟，一边会向宗人讲些历史人物故事，因势利导讲些做人的道理。宗人喜欢听父亲讲故事，喜欢问父亲一些他弄不懂的问题。罗成生走后，宗人问父亲道："爹，什么是赌博呀？"国理刚才的气还没全消下来，见宗人问，板着脸说："赌博就是以打牌为手段，赢取别人的钱财。这是个害人害己的败路，沾不得的。你以后长大了要是沾上这个，休怪我不认父子之情。"宗人听了，想了想说："不好的事我才不会去做哩。"又问道："爹，那莠魁是什么人？既然赌博不好，为何他还要开赌场啊？"国理看了宗人一眼，被儿子稚气的问话逗乐了，气也变得顺了，呵呵笑道：

"徕崽啊！要是都像你这样想，这世上就太平了。世事险恶，有些事等你长大了才会晓得的。莽魁不是他自己在赌，他是在引诱穷人赌博，从中布下圈套，榨取穷人的钱财。这个莽魁，一贯好逸恶劳，靠聚赌设下陷阱和抽份子钱才发的家。"宗人似懂非懂地点了点头，正要再问，母亲贺氏走过来说："宗人，你还小，还不懂这些事，以后我慢慢讲给你听。"又对国理道："那个莽魁既然敢聚赌，必早有准备。你带人去，可要小心谨慎啊！"国理点头道："你放心好了，我会注意的。"这时宗人缠着父亲道："爹，我也要去。"国理严厉道："这不是去玩的，你小小年纪，去什么。"宗人见父亲不同意自己去，后来便缠着成生，非让成生带自己去不可。成生没得办法，只好让宗人偷偷跟在自己身后。

横过冲莽魁家的客厅里，一把桐油灯寸高的火苗在摇曳，灯光把客厅照得如同白昼。客厅的太师椅上，莽魁和戏班班主唐知生正得意地交谈着。

"哈哈，这两天初见成效，收获还算不少。"莽魁令家仆端来一个木盘，木盘内放有一封银圆。他对唐知生说："这是五十块银圆，还是按原来说的，三七分成，我七你三。"

唐知生忙起身接过银圆，在手上掂了掂，满意地笑道："托魁爷的福，我就冒昧收下了。小生初来贵地，以后还得承蒙魁爷多多关照才是啊！"

"好说好说。"莽魁不无得意地向唐知生拱手道："唐老弟，你我情同手足，有钱大家赚，有福大家享。接下来，就看你戏台上的功夫了。戏唱得好，来的人就多，人一多，我们发财的机会就多，哈哈哈……"

唐知生点头称是，说："这个你放心，明天就看我的了，保证会人山人海。"

第二天的上午，横过冲的戏台上锣鼓喧天，戏台下人流如织。台前立起一块木牌子，上书几个大字："今天上午演出：《四郎反情》。主演：唐知生。"

随着锣声二胡有节奏地响起，一个身着古代戏装、书生打扮的人跌跌撞撞从后台慢步走出，一边走一边左顾右盼唱道："我四郎这些天想女人想昏了头，走路冒力茶饭无味。一路想一路找我那二姐，只怕她，她，她……"唱到这儿，摇摇晃晃跌坐到椅子上，跷着二郎腿，手摇白纸扇，一副轻佻自得的神色。这时，锣点紧凑起来，一个头戴金银首饰、身着绫罗的二姐款款从台后碎步移出。她见到一旁的四郎，含悲抹泪，伤心至极，手指四郎，历数四郎的无情无义，唱道："好你个无情无义的四郎。曾记得那一年，我过不得年，打发那三伢子，走到学堂前……"

台上悲悲切切，台下热闹非凡。看戏的人群中，有不少中年人绕过人群视线，从戏台后面偷偷潜入莠魁家。这是一栋前后两进的瓦房，莠魁一家住在后进房。前进房有十余间房子，是长工佣人居住的地方，如今用来开设了赌场、烟馆和典当铺。自打昨天戏班开锣以来，赌场和烟馆的生意十分好，光是大洋就进项不少，还抵押了两栋房子、典当了不少的衣物。此时的莠魁躺在自家客厅的太师椅上，望着源源不断的典当物和金灿灿的铜钱落入怀抱，别说有多惬意了。

正当莠魁自鸣得意时，一位家丁气喘吁吁地跑来报告说："魁爷，大事不、不好了，南湾的理先生带着一伙人来了，拦都拦不住，看样子不像是来看戏的。"莠魁闻讯大惊，从太师椅上弹了起来，厉声问："有这种事？他们来了多少人？"

"人不多。"正在这时，国理已接过话茬跨进了门，冷哼道："好你个莠魁，你难道不晓得二十一区早已订立了禁赌、禁烟公约吗？你竟然以唱戏为名，设赌场、开烟馆为害乡民。如今事实摆在这儿，看你还如何解释？"

此刻，屋子里的赌徒、烟鬼听说南湾的理先生来了，早已吓得魂飞魄散，趁理先生与莠魁说话的当儿，作鸟兽散，纷纷溜之大吉。

事情到了这个份儿上，莠魁自知理亏，也不分辩，赔笑着说："只怪莠魁一时糊涂，理先生如何处置，莠魁无话可说。不妨先到客厅喝茶，是打是罚，莠魁认领就是。"说完，暗里向一家丁使了个眼色，那家丁心领神会迅速离去。这一切国理都看在眼里。他装作视而不见，平静地说道："茶就不喝了，你要是专心请戏班来唱戏，说不定我也会抽空来看戏的，但你不该挂羊头卖狗肉，做下这等事，你的胆子也太大了。今天若是不加以惩戒，地方上将不得安宁。这样吧，你先把典当的房契与赌资衣物全部退还给事主，再派人去把烟馆和戏台拆了。只要当众保证以后不再聚赌，都是乡里乡亲的，我们也就不追究了。"

退赃物拆戏台？好戏才开始，莠魁可不愿自断了财路哩。他眼珠子骨碌碌一转道："这个好说，只是有句话我要说明白，我自己掏钱请来戏班唱戏，想必也是为乡民做了件好事。至于说有人参赌吸食大烟，我魁某也是历来反对这种事的。但乡民有这个要求，我不得不提供个场所，如今是农闲时节，说白了，我这也是方便一下乡民而已嘛，你说是吧？今天的事，还请理先生多加体谅。"

"胡扯！"国理听了莠魁这番不着边际的话，知道他是在胡搅蛮缠，有意拖延时间，根本没打算退赃悔改。他不由提高嗓门道："话说到这份儿上，你不退赃，也不拆戏台，那好吧，我们来人替你拆。"说完便招呼身边的成生道："叫上几个人给我把戏台拆了。"

成生等人正待离去，门口已有几个彪形大汉横在门口，堵住了出去的路。莠魁冷笑道："理先生也太性急了点吧，大路朝天各走一边，何苦与我魁某人过不去啊？实话说了吧，你想断我财路，我让你们今天出不了这个门。"国理见被莠魁的人堵在屋里，要与莠魁论理时，眨眼间，莠魁已不见了人影。这会儿，宗人从成生身后闪了出来，上前抓住国理的手说："爹，那人刚才进里屋去了。"国理一见到宗人，大惊道："你怎么来啦？"未等宗人说话，成生满脸歉意道："是我带他来的。"国理气得直摇头，不知说什么好。正在这时，门外喧哗起来，原来是肖宗潘带着一帮人赶来了。这帮人一来，那几个堵在门口的彪形大汉自觉散开了。屋里的莠魁眼看国理这边的人越聚越多，知道事情不妙，便从侧门走了出来，堆下笑脸正要与国理说好话。国理冷吼一声，拉住宗人的手，与成生等人大步跨出了门外。

此时的戏台坪里人声鼎沸，百十名观众退到了一旁，唐知生等一班戏子更是惊慌失措，鬼哭狼嚎。搭戏台的树木和门板被掀落了下来。成生仍不解恨，点燃一把火，立时火借风势，火焰蹿起几丈高。不一会儿，戏台被烧了个干干净净，只剩下了一堆黑漆漆的木炭。

宗人立在父亲身旁，看着眼前的熊熊大火，稚声稚气地问国理道："爹，烧了戏台，那些人还会来赌博吗？"国理像是对宗人，又像是自言自语道："但愿他们不会再赌博了，都晓得赌博是个火坑，害人又害己，怎么就心甘情愿往里跳呢？"

智者仁心

火烧戏台后的第二天，为了整治地方秩序，国理又召集族里几个头面人物商量禁赌禁烟的事。大家一致觉得有必要对参赌的几个本族人进行家法处置，否则禁令难以奏效。禁令失效，赌博势必会屡禁不止。

这天傍晚，国理一家人正围坐桌前吃饭。每逢晚饭，是全家人聚在一块的时候，也是国理教育孩子们的最佳时机。他从这次横过冲事件说起，又说起了马云桥因聚赌家破人亡的事例，讲述古人的"勿以恶小而为之，勿以善小而不为"的道理，并严令儿子们须遵守"三不准"，即不准打牌赌钱、不准欺善怕恶、不准枉度年华，若发现有违反者，定重惩不饶。他教柏弟要守武德，重农桑；教晏清要勤耕读，重礼教。这样从长子柏弟依次说到了五儿宗人："宗人，你已经四岁了，虽说能背得几首唐诗，但还远远不够。从今天起你要开始习文断字，学习周礼了，听到了吗？"宗人仰头问："爹，周礼是什么礼呀？"国理笑道："周公是历史上周朝的一个大官，他礼贤下士，待人热情有礼。有一天吃饭时，接连来了三次宾客，每次一听说来了客人，他都把吃进嘴里的饭菜吐出来起身接待客人，后人称之为'一饭三吐哺'，被视为礼节之表率加以推崇！"宗人似懂非懂地又问："大哥不是讲雷公也不打吃饭人吗？吞下嘴里的饭菜再去招待客人不行吗？周公怎么非得要吐出来呀？"全家人听了宗人一连串的三个问题，都笑了起来。柏弟口一张，喷得满桌都是饭粒。国理厉声道："笑什么，那只是打个比方，意思就是说为人要重礼节，尊重别人就是尊重自己。"柏弟点头说是。宗人又要张口，贺氏擦了下眼角的泪花说："宗人，先吃饭吧。你一下提了三个问题了，再提的话，大家都吃不成饭了。"国理说："爱思考问题，固然是好的。但古人的贤德，不可不学。"

别看宗人只有四岁，他遇事爱思考，爱联想，什么事都爱刨根问底。除了这些，听故事成了宗人每晚的必修课，每天的晚饭后，董氏与贺氏开始纺纱，宗人便搬过来一条小板凳坐在奶奶或母亲身边，轮番缠着她们讲故事，不听故事不肯上床睡觉。什么武松打虎、岳飞抗金兵、樊梨花征西、薛仁贵征东、罗通扫北，等等，他百听不厌。要是谁家唱皮影戏，无论远近，只要有大人去看，他也要跟着去，且仰着小脑袋看得津津有味。看完皮影戏回家后，他躺在床上久久不肯入睡，嘴里不断念叨着："看你往哪里走，受我一刀，咚咚咚……"贺氏低喝道："深更半夜的你翻床滚席又唱又抖的，怎么还不睡呀？"宗人这才眯缝着眼，一动不动地想着戏里的人物。第二天，他便会找来剪刀和硬纸张，仿照着皮影人物，剪成各种小人形，再用木棍和棉线连到纸人的双手上。到了晚上，宗人左右手一手握一根撑着小纸人的木棍，利用桐油灯光的照射，把皮影菩萨映到墙壁上，双脚当锤，大地为鼓，咚咚咚，两纸人你来我往相互开起了战。这时候，璇魁也会上前助威，呐喊声一片。国理看到了，便脸一沉，斥喝道："书不去读，净搞些这名堂，长出息了啊！"宗人见父亲不高兴了，这才收起小纸人，进到里屋去读书写字了。

　　国理对儿女们要求极严，对乡邻们却是十分宽仁。谁家有个什么难事，若是被国理知道了，别人不来找他，他也会找上门尽力帮助解决。虽说杂货铺与中药铺的生意不怎么景气，但赊出去的账几乎占到半数，不是万不得已，他从不上门追讨。由于赊账太多，家中有些入不敷出了，日子过得也是紧巴巴的。加上前不久又生下了六儿铨衡，现在已是十口之家的大家庭了。面对生活的困境，国理照样该做什么就做什么，从不表露出来，然而高扬的颧骨却越发显得凸出了。每顿饭，他照样吩咐贺氏给儿女们弄些荤菜，说儿女们正是长身体的时期，不能省。过去，一家人都是在饭桌上一块吃饭。经济上陷入困境，桌子上的荤菜也相应减少了，猪肉很少吃，有时荤菜只有一道炒鹅蛋。每到吃饭时，国理、贺氏以照看店铺生意为由，端着饭碗来到店铺，从糖缸里拿一块百叶糖当菜送饭。这事被晏清知道了，除了屡劝父母吃菜外，又对弟弟们说：多吃饭少吃菜，父母亲没菜吃了。这时，宗人会不声不响地夹些菜来到杂货铺，把菜逐一夹到父母亲的饭碗里。国理夫妇笑了笑，又会把荤菜夹还到宗人的饭碗里，宗人自是要往父母亲碗里夹。这样夹来夹去，最后国理拿出父亲的权威，严令宗人吃下。

八月初的一天，离火烧戏台已过去了几天，南湾威伯公祠祠堂门大开。开祠堂门打人屁股的消息早已传遍了上垅下湾。因为之前族中放出了话，为正风气，族中要对横过冲参赌的几人实施家法。这样的大开祠堂门一年中难得有几次。祠堂分正门和侧门，侧门其实也是后门。那时要打开祠堂正门，除了实施家法，就是七月的鬼节祭祀祖宗，一般情况下正门是不准随便打开的。平时要是有事出入祠堂，都是走的侧门。

这天上午，南湾街威伯公祠人流如织，堂屋中的上厅神堂下面成纵向摆着三副香案，神堂上香烟袅袅，香案上烛火飘摇。中厅摆开了一排太师椅，分坐族中要人。尽管天气仍然炎热，他们却个个清一色的长袍马褂，表情严肃。下厅除了站立几名吹鼓手外，便是族中前来看热闹的乡民。挤挤挨挨的人丛中，晏清手牵宗人挤到了人群的最前端。宗人还是第一次看到这等阵势，他用手指着前方问："二哥，我们都是穿短衣短裤，爹他们为何要穿长袍，不热吗？"晏清忙把宗人的手扳下来，小声说："这是规矩，热也没办法的。"宗人不依不饶又大声说道："什么规矩嘛，你看，他们身上都出汗了，也不把衣脱下来。"宗人的话被端坐正中的国理听到了，他向晏清使了个眼色，示意要他带走宗人。晏清去拉宗人的手，宗人不愿离开。晏清只得说："那就别再说话了，打屁股要开始了。"

按照族规，开祠堂门惩戒族中不肖子孙所设的刑罚有两种，轻则打屁股以示训诫，重则绑梯沉潭。今天开祠堂门，主要是惩戒横过冲事件中参赌的三人。

这会儿，司仪拖长嗓音高声喊道："全体人员肃静。执事者，各执其事。"立时，人丛中走出几名壮汉，分立于鼓前与大厅两侧。

人群安静了下来，全场鸦雀无声，气氛一下子变得紧张起来，大家能听到自己的心在"咚咚"地跳。

随着司仪高亢的"奏鼓"号令，三通鼓响，震得人心里发怵，瓦片微颤。

司仪："钟鸣九下。"九声长长的撞钟声，响彻了南湾垅，直入云霄。

此时，司仪声震屋宇，拖长音调道："族——长——就——位，祭祖！"

此时，国理起身走向香案前净手、上香，向神堂上的祖宗牌位三叩首，然后面向神堂跪拜道："列祖列宗在上，十七代孙国理不才，忝居族首，管理无方。今有不肖子孙不守家法违犯族规，如不加惩戒，上负祖宗之英灵，下负父老乡亲之厚望。无奈之下，族中只得启用家法，以正族纲。伏祈列祖列宗在天之灵祈鉴。"

这时司仪又拖长声调道："平——身，升坐！"

国理起身坐到正中的一张太师椅上，威严地扫视了众人一眼，朗声道："本族乃名门望族，自古贤达辈出。族人勤耕好学，严守族规。近日却有一些不肖子孙丧失人德，公然藐视族规家法，打牌赌钱抽大烟，污辱了我罗姓祖先的脸面。此举若不加惩戒，族纲难以维持，正气难以伸张。"

两旁的族中要人纷纷点头称是，人群中立时发出一片唏嘘声。

国理又接着道："今天开祠堂门祷告祖先，一是我国理身为族首，治族不力，故向祖先请罪；二是严惩不肖子孙，以正族纲。"说到这，他喝道："把那几个畜生带上堂来。"

立时，成生几人把三个五花大绑的中年男人带上了堂。三人泪流满面一字儿跪在神堂跟前低头不语。

国理道："你们三人都为父母所生，父母含辛茹苦把你们养大成人，又已娶妻生子，本该安分守己，上敬父母，下育子孙。可是你们，不思报答父母养育之恩，摒妻儿老小于不顾，沉溺于赌博，把家产输得片瓦无存。似如此之孽子，若不加严惩，如何服众？如何兴族？但念你们有父母妻儿，肩负养育之责，故略施家法予以惩戒。今天当着列祖列宗的面各打你们二十大板，若仍不思悔改，当从严处置。"

国理说完，三名手持棍棒的中年人已来到三人身后。三人知家法难逃，也不求人，自觉伏在地上接受家法处置。一会儿，三根棍棒"啪啪啪"分别落到三人的屁股上，祠堂传出声声喊爹叫娘的哀号。

人群中，有人交头接耳，摇头叹气，也有人泪水盈盈，不忍观望。宗人紧紧拉住晏清的手说："二哥，他们知错了，要爹别让人打他们了呀！"晏清轻言说："这是执行家法，他们犯了错就要处罚的。""我去找爹讲。"此时宗人要挣脱晏清的手往中厅走，被晏清紧紧抱住，低声道："你不能去，这时候上去，爹会骂你的。"

不一会儿，屁股已打完，国理又上前亲手把三人一一扶了起来，叮嘱三人的家人把他们扶了回去，而后又打发人给他们送去了跌打损伤的草药。

晚饭时，宗人执意不上桌吃饭，一人关在房里不肯出来。贺氏开了门，把宗人拉上桌吃饭，宗人鼓着嘴巴，不高兴地坐在那儿，手也不愿端碗。国理说："是什么事让你连饭都不吃啦？"宗人没作声。晏清说："可能是今天祠堂里打人屁股了，宗人看他们可怜，才不高兴了，所以不愿吃饭的。"

"胡闹！"国理怒道，"家法如雷，他们做下这等事，不该打吗？将来你要是不听话犯了族规，也同样要挨打的。"贺氏忙走过来端起饭碗递到宗人手上说："原来是为这个不吃饭哪？蠢崽哟，这是祖宗传下来的规矩，那几个人犯了家法，该打的。不是你爹故意要打人家，晓得吗？"宗人噘嘴摇了摇头："可是他们都是穷人，知道错了，爹为什么还要让人打他们？再多也是骂他们一顿嘛。"董氏笑道："你呀，你爹说了他们好多次，要他们别赌了，就是不听，骂能顶事？你晓得吗？那几个人屋里的妻儿老小饿了好几天了，他们却不顾人之常伦，把家中值点钱的东西卖了去抽大烟，还把房子都赌掉了。这样的人，不该打吗？宗人，你还小，不晓得这些，将来你就会晓得该不该打的，吃饭，啊！"这时，宗人似乎想起了什么，端起饭碗三两下吃完饭，就回到房间里了。他伏在抽桌旁，想着上午打屁股的场景。三人的屁股被打得血肉模糊，他看了委实觉得可怜。但他想不明白，这几人穷得屋里都揭不开锅了，为什么还要去赌去抽大烟？

宗人出生以后，就是跟娘睡一张床，璇魁和父亲睡一床。四岁时父母亲搬到南湾街后，他就与奶奶睡。这一晚，宗人没跟奶奶回新大屋睡，和娘睡一床。他躺在床上翻来覆去睡不着，老想着白天打屁股的事。想着想着，他仿佛又来到了祠堂里，那三个被打的人躺在地上大叫着求饶，但棍棒仍是雨点般落到他们的屁股上，屁股已是血肉模糊。宗人看不过去，冲上前接过棍棒，冲爹大叫道："爹，叫他们别打啦！"国理眼一瞪："你好大胆，这里是你来胡闹的地方吗？快出去。"宗人站着不动，这时上来两个人架住他的双手往外拉，宗人大叫道："我不出去，我不出去嘛。"宗人的叫声惊醒了贺氏。贺氏忙起床凑他跟前叫道："宗人，醒醒，又做梦了，这奶崽！"国理也坐了起来道："他呀，想必是看了白天那场面，被吓的。早知这样，不叫晏清带他去的好。"贺氏说："宗人心地善良，看不得打人的。"国理叹道："男子汉处身立世，该明辨是非、善恶分明才对。如此经不住事情，怎么得了。这方面，以后得好好历练他才是。"

路见不平，拔刀相助

第二天一大早，国理像往常一样拿着鸡毛掸子掸去货架上的灰尘，逐项整理好货物后正要坐下来扇制蚊烟，这时，一个十来岁的姑娘来到杂货铺，见到国理，双膝跪在国理跟前，接着便哇的一声大哭了起来。

这个叫云妹的妹子，是罗家垅罗欠苟的女儿，已经十五岁了。每年的春节，欠苟都要带她来向国理一家拜年。云妹聪明伶俐，懂礼貌，长得乖巧，嘴巴又甜，贺氏很是喜欢她。

原来，云妹的母亲去年去世后，父亲欠苟终日打牌赌钱不回家，把家里仅有的一些值钱的家具都变卖去赌博了。云妹饭没得吃，衣服也是破破烂烂，苦苦央求父亲别赌了。欠苟非但不听，还打云妹，拿云妹当出气筒。说是打牌手气不好，全怪她这个丧门星。云妹没法，再也不敢说什么，终日以泪洗面。不料前天晚上，他打牌输掉了三百铜钱，欠下赌债无钱偿还，便打起了云妹的主意，打算把云妹卖给草市的一个财主做二房，已约好今天一手交人一手交钱。云妹闻讯后死活不依，被欠苟锁到了一间房子里。云妹哭闹了一个晚上，住在隔壁的一个好心邻居看云妹可怜，趁欠苟睡后偷偷撬开窗子，把云妹放了出来。云妹没地方可去，便到南湾找国理求助来了。

国理听到这里，气得青筋暴涨，吼道："虎毒都不食子。这个欠苟连畜生都不如，真是没有了人性。"

贺氏为云妹擦去泪痕，安慰云妹道："别担心，你来到我们家，有我们为你做主，谅你爹也不敢把你怎么样的。"

这时，宗人也闻讯来到了杂货铺，上前拉住云妹的手道："姐姐，别怕，你以后就住在我们家吧，我家新大屋有房子。你爹来了，我就说没看到你。"

国理笑着点头道："宗人说得对，你那个家是暂时不能回去了。宗人，你带云妹姐姐去洗个脸，陪她说说话！"宗人答应一声，拉住云妹的手进了里屋。

贺氏也嘱咐道："房里的坛子里有薯皮片子，宗人你去拿给姐吃。她跑了这么远的路，也饿了，先让她止下饥吧！"云妹见国理一家人如此亲热，宗人又这样可爱，心气也顺了，慢慢露出了笑脸，心中的恐惧感一扫而光。

这天的下午，国理就去了罗家垅。因欠苟是罗西木的堂侄，他先找到罗西木，把事情的经过与罗西木说了一遍。罗西木声称对这事全然不知，两人商量一番后，打发人找来了欠苟。一见面，国理劈面就说："欠苟，你还是人不？"欠苟假装不知，问道："不知我做错了什么，理先生如此说我？"国理起身一拍桌子怒斥道："自己做下的事还在这装疯卖傻。我问你，你打牌赌钱输了家财先且不说，竟然要把自己的女儿卖出去还赌债。虎毒都不食子，你还拖着个人脑壳。云妹就值三百铜钱吗？这种丧失人伦的事偏你想得出来。"

欠苟知是云妹逃到了国理家，事情到了这一步，再狡辩也无用了，便像一只挨宰的羔羊，低头不语呆立屋中，任凭国理如何骂也不敢作声。

"畜生，你给我跪下！"罗西木一声断喝，欠苟双腿跪到了屋中。罗西木喝道："你好大的胆子，竟然做出这等事来了。"别看罗西木平时鱼肉乡里，遇到这种事，他也不便公开护短。再说又是当着族首罗国理的面，他怎么也得做出个公正的模样来。他望了望国理道："本族早已与肖姓签订了联防保乡公约，公约的第一条就是禁止赌博。你赌博也罢了，又造下如此罪孽，不但气死了妻子，还要把女儿卖身抵债。此等行径，实为人伦所不容。似你这等猪狗不如的东西，已是人神共愤，本族留你何用？今天当着族首理先生的面，由我做主，把你逐出罗家垅，永世不得归宗。"

国理看了罗西木一眼，忙低声附耳说："欠苟固是可恶，我看先按家法处置吧，逐出罗家垅的事是不是缓一步再说？"

"缓不得。"罗西木手一挥道，"理先生，执行族规我西木历来是六亲不认。要是别人，你理先生说了，我也许不会再多言。欠苟是我侄子，我罗西木好歹也算是个人物，话不能让别人说，处事不能不公道。今天这事就由我做主吧。"国理见西木话说到了这个份儿上，也不好再说什么了。

欠苟就这样被逐出了罗家垅，去了什么地方，没人知道，更没人去关心这些。族中人一致认为欠苟的行径为天理所不容，是应得的报应。欠苟走后，云妹无家可归，国理收留了她，当作女儿看待，后来又替她到攸县找了户良善人家，热热闹闹地把她嫁了出去。

没过多久的一天早饭后，国理照例坐在桌前抽水烟，贺氏走进来对他说："这几天我右眼皮老是跳，好像有什么事情要发生似的，上次火烧了横过冲戏台后，那莠魁一直没什么动静。凭他的为人，是不会就这样善罢甘休的，他什么事都做得出来，你以后出门可得多加提防！"国理把水烟壶放回桌上道："我国理禁赌禁烟是为乡民主持正气，他莠魁做下如此缺德之事，理本来就亏，还能把我怎么样？"

就在这时，肖宗潘大步跨进了门，二人来到客厅坐下，肖宗潘喝了一口茶水说道："那个横过冲的莠魁恶人先告状，自己做下如此之事还倒打一耙。早几天，他不知从哪弄来了一只死人脚板，说是你带人火烧戏台时烧死的人，以死人脚板为证据，把你告上了衡山县衙，我听到消息就立刻赶过来了。"

"有这种事？"国理一惊，他没想到莠魁会来这么狠毒的一手，想了想，淡然笑道："为人不做亏心事，半夜敲门心不惊。他要告，就让他去告好了。"肖宗潘抚须道："我看他莠魁此举是愚蠢至极，火烧戏台时那么多的人、那大的动静，谁人不知，他说烧死人就烧死人了呀。不过，如今的县衙是认钱不认理，断的冤案也不少。我看，莠魁既然敢去告，肯定使了手脚，贿赂了官员，事情不可小视，你得早有防备才是。还好，我有个挚友与衡山县知县交情不错，我写封书信说明实情叫人送去，谅也不会有什么大事情的。"

后来此案在肖宗潘的帮助下，衡山县衙终没传讯国理。或许是肖宗潘的那封书信起了作用，或许是莠魁使的金钱不够分量，反正只是风传了一阵，就烟消云散了。

1907年的初春，残冬的寒意仍然不愿散去。凄冷的北风灌进脖子里，有如刀子在割肉。春节刚刚过去，又下起了一场雨，地上立时变成了一面"镜子"。由于天寒地冻，南湾街的不少铺面未等天黑就早早关了门。除了几条看家护院的狗在各处溜达外，街上行人稀少，显得十分的肃静凄凉。

由于天气寒冷，人们都闭门蜷缩在屋里烤火。国理家火炉屋的火盆里，木炭燃起的火星时不时噼啪作响。董氏和贺氏在火炉旁摇着纺车，满屋子都是吱呀吱呀的声音。柏弟、璇魁和铨衡在烤着火，你打他一下，他抓你一下，逗着玩儿。一会儿，贺氏问柏弟："大冷的天，晏清和宗人哪去啦？"柏弟头也不抬道："晏清在药房切药，宗人可能是在铺子里。"贺氏又说："你爹有个盛笼火，宗人在那做什么，冷冰冰的，叫他来烤火，别冻病了。"柏弟答应一声出了门。来到铺面，见爹手拿一本书坐在矮柜上看得出神，宗人正在一边踱步一边背诵《三字经》。柏弟说："宗人，娘叫你去火炉屋烤火。"宗人看也不看柏弟道："别打岔。"接着又摇头晃脑背了起来。国理把书放了下来，对柏弟说："柏弟，你别只顾烤火，烤热身了，就去药房帮晏清切切药。你是老大，该做出个好样来才是。"柏弟答应一声走了。国理看宗人已背诵了几个轮回，便说："好了，会背诵是一方面，重要的是能写出来，能理解其中要义。比如说头两句的'人之初,性本善'，说的是人生下来时，本性都是善良的。为什么有的人是坏人，有的人是好人？学习于善则善，学习于恶则恶，全取决于后天的受教育程度。这就是'性相近，习相远'的道理。"

国理正向宗人讲述《三字经》，突然从铺面外伸进一只光光的脑袋。宗人看到过这人几次，知道他是老大屋人，是个结巴。来人语无伦次道："理……理先生，您在家啊！不……不好了，我那桃水的妹……妹子出大……大事了。"

国理止住了话题，说："是文生呀，到屋里来慢慢说，到底出什么事啦？"又对宗人道："你去屋里烤火，再好好想想我刚才说过的话。"宗人答应着出了门，他想起文生那副着急模样，不知他家出了什么事，心中有些好奇，便又绕到门外，想听听文生说的是什么事。

经过罗文生断断续续的叙述，国理终于明白发生了什么事。

原来，文生有个妹妹两年前嫁到了攸县的桃水周家。谁知他妹夫好吃懒做，赌博成性，还与当地的一个寡妇勾搭成奸。这还不算，又把屋里值点钱的东西往外面拿，常常整天整夜不归家门。几天前的一大早，文生妹打开大门，却发现丈夫死在大门口。这一下可不得了，妹夫的兄弟咬定是文生妹与奸夫合谋害死了亲夫，一状告到了攸县县衙。知县不问青红皂白，当即命衙役拘捕了文生妹。文生妹受不过酷刑，大堂之下被屈打成招，承认是与奸夫合谋打死了亲夫。当堂画押后，文生妹被投入了大牢，据说待批文一到就要问斩。

听完文生的陈述，国理强压住心头的怒火，心想：那知县屈打成招，不问情由，草菅人命，这是个什么世道啊！跟着随手拿起桌上的水烟壶装了一嘴烟，吸了起来。吸完一袋烟，这才对文生说："事情到了这一步，急也无用。你先回去吧，我再找人商量一下，看能否想出个解救的办法来。"文生听了，抹了把泪，千恩万谢而去。

文生走后，门外的宗人已闪身进了屋，愤愤不平地对国理道："爹，那知县黑白不分，也太可恶了。"国理见宗人进来，知道宗人对什么事都有好奇心，刚才必定是躲在了门外偷听，也不想责怪他，长叹一声道："如今这世道就这个样子，有什么办法啊！"宗人噘嘴道："如今的知县都是这样的吗？"国理笑了笑说："但愿也有明白点的好官吧，要不这世道怎么能撑得下去啊！"

第二天一大早，国理来到了包老坳的周武师家，向周武师讲述了文生妹含冤的经过。周武师听了也是义愤填膺，主动答应亲自去攸县桃水走一遭，通过熟人暗查案情的真相。

两天后，周武师来到了南湾。他向国理详尽讲述了文生妹冤案的实情。国理听后，心中甚喜，当晚便写了状纸。第二天一早，便与文生步行来到了攸县县城，寄住在县城开染铺的一个族兄家。

早饭时分，国理与文生来到了县衙门口。国理毫无畏惧，走上台阶的大鼓前，双手拿起鼓槌对着鼓皮"咚咚咚"擂了起来。没一会儿，只听县衙内传出长长的"升堂"声，国理大踏步朝里走去。

可国理刚说明来意，便听到一声大喝："大胆！"知县吼出两字后，又狠狠拍了下惊堂木，尖叫道："衡山县人不去衡山县衙告状，却跑到本县堂诉冤，分明是寻衅闹事，搅乱本公堂。给我轰出去。"未等国理分辩，上来一帮衙役，硬生生把国理架出了衙门外。

状未告成，还白遭了一番污辱，国理懊恼不迭。他回到族兄家，与族兄商量着下步该怎么办。族兄道："看来这事有些麻烦。我认识一个讼师，与县衙关系极好。只有筹备些银圆，请他出面疏通了。"国理没法，只得按族兄的主意备了一百块银圆交给族兄，托那讼师去疏通。

两天后，国理又来到了县衙，击鼓鸣冤后，来到大堂。这会儿，知县问话的口气似乎比上次温和了许多。问过话，国理呈上状纸后，知县歪着脑袋问："听说你也是一介地方名流，又是罗姓族首，你可知罗氏谋害亲夫人证物证俱全，她已当堂画押供认不讳吗？你口称冤枉，有什么证据。"

国理朗声道："请问知县大人，罗氏通奸，不知奸夫是哪一个，可否叫来当堂对证？"

"这……奸夫畏罪潜逃了。"知县好半天才憋出这句话来。他原本是地方上的一大恶少，肚子里没多少墨水，靠着一亲戚在巡抚衙门当差的关系，花一万银票捐了个知县。上任以来，他千方百计想把捐出的银票加倍捞回来，真可谓"衙门八字开，有理无钱莫进来"。桃水罗氏的这桩案子是他上任以来接手的第一桩案件，他也知道，案情中确有不少破绽。但是，原告当晚就送上了一张千元的银票。于是，当他看到那张诱人的银票时，他的心动了，草草审了一堂案，命衙役一顿棍棒，便有了满意的口供，具结报到了巡抚衙门，只等批文一到，开刀问斩后便万事大吉，没想到半路里杀出个程咬金来。吃进肚里的东西怎好再吐出来呢？想到这儿，他高声道："本案铁证如山，不容你再多言。念你也是个读书人，本县不予追究，还不快快退下。"

知县一说完，堂威重又响起，震得大堂嗡嗡作响。这种场面可吓不倒国理的，他又朗声道："慢，草民的话还没有说完。请问知县老爷，说罗氏通奸，要奸夫招供了才能成立。奸夫没抓到就定罗氏的罪，是否有偏听之嫌？捉奸捉双，没抓到奸夫前，可以说没有奸夫。既然没有奸夫，罗氏一个妇道人家，手无缚鸡之力，怎能打得过人高马大的丈夫。说她打死了丈夫，显然证据不足，其中必另有隐情，还请知县大老爷明断，还罗氏一个清白。"

"敬酒不吃偏要吃罚酒，来人哪，给我把他轰出去。"此刻，堂上的知县听到国理这番无懈可击的话，心虚得恼羞成怒，大吼一声，干瘦的脸上由红转白，拂袖离开了大堂。

第二次告状未成，国理窝了一肚子的气。族兄安慰他一番后说道："仔细想来，定是那罗氏夫家贿赂了知县。""这个我早就想到了。"国理叹道："罗氏冤情有目共睹，我们用不着去花那冤枉钱。县里告不了，我们就去知府衙门告，知府衙门不行，就去巡抚衙门。这么大一个中国，我就不信没有一个清官，不信就还不了罗氏的清白。"国理是个刚直性子，有理的事儿他非要争出个道道来。

　　国理经过一年多的奔波，一直由知府告到了巡抚衙门，终于把罗氏的冤案翻了过来。所谓的罗氏杀夫案，纯系赌棍相互争斗失手所为。罗氏丈夫死后，赌徒中有个罗氏夫家的弟弟，他为了霸占哥哥的家产，伙同赌棍污蔑罗氏与奸夫谋杀了亲夫。真相大白后，衡、攸两县人纷纷拍手称快。罗国理"不畏权贵勇闯衙门为民申冤"的事迹被传得沸沸扬扬。从此后，"罗国理"三字人人皆知，方圆百里都知道南湾街有个好打抱不平的罗国理。

第四章

家逢突变

迁入新居

父亲的刚直与执着，深深感染了幼小的宗人。这是一个炎热的晚上，国理收拾好铺面，独自一人回到房间面朝窗户陷入了沉思。这时，宗人轻手轻脚来到父亲身边，屋里闷热得难受，宗人便不声不响地拿起一把蒲扇，为父亲扇起了凉风。国理回头一看是宗人，紧绷的脸松开了，笑着说："我不热，你去玩吧！"宗人仍然没离开，怏怏问道："爹，你不高兴，是病了吗？"国理笑道："我哪有什么病啊！"宗人又问："我看你晚餐也没吃几口饭，一脸的不高兴，好像是有病的样子嘛！"国理听了宗人的话，有些哭笑不得，说："大人的事，细人莫问，去外面玩。"哪知宗人不问个清楚，是不会罢休的。他站在原地不动，又说："我听娘说，那个横过冲的莠魁又在打爹的主意，是不是啊？"国理听了，更是心烦，瞪了宗人一眼道："你小小年纪别管这些事，好好读书写字，别问这些事了好不好。"他看了宗人一眼，知道宗人有个好奇的脾性，便说："莠魁再怎么样，也是邪不压正，我不怕！我担心的是，你大哥今年十八岁了，该要娶亲了。可是家里连这几间住的房子都是租人家的，怎么娶亲啊！"

宗人听父亲这么一说，不好再问什么，悄悄走出了房间。刚才国理对宗人说的那番话，刚好被回房间的贺氏听到了。宗人出门后，贺氏坐在床上叹道："是啊，柏弟是该把那董家女子娶回来了，女方家也催了好几次了。我看啊，这房子的主人外出做生意好些年了，据说七月半他会回家祭祀祖宗。如今离七月半也只有一个月了，不如等他回家时，和他商量一下，我们把这房子买下来。再说，娘那大年纪了，老要她跑来跑去，实在过意不去。等买下来后，旁边再建两间房，要娘她们都住过来，你看要得不？"国理听妻子这么一说，点头道："我也是这样想的，只要他同意卖，就先买下来吧。"

一个月后，国理顺利把租住的这几间房子买了下来，除去后面的几间杂屋，又在旁边建了两间土砖房，共有六间正房。国理把新建的一间房粉刷了一遍，又添了几样家具，作为柏弟的新房。从此后，结束了一家人两地分居的局面。新大屋的那两间房子，国理请人打制了一个书柜，把书籍集中起来全部摆到了上面，算是一个书房。

新大屋地处偏僻，环境优美，是个潜心读书的好地方。遇雨雪天气有些空闲，国理便躲到书房里静下心来看看书，能暂时远离尘事的烦扰。这样的一个地方，酷爱读书的宗人自然不会放过。后来的几年里，他经常一人独自来到书房，一看书就是一整天，常常是午饭也忘了吃。每逢这时，贺氏会打发晏清或璇魁送饭到书房，或晓得宗人要去书房，准备好食品要他带了去。

柏弟迎娶的日子定在了九月的一天。这一天，沉寂了许久的南湾街迎来了热闹的气氛。搁置了许久的龙灯和锣鼓也被人找了出来，中青年人分别组织了龙狮队和锣鼓班子。一大早，锣鼓就吹吹打打了起来。国理家的大门上方贴着个大红喜字，两边是红纸对联。左联是：诗题红叶；右联是：玉种蓝田。晌午时分，大门外陆续停放了一溜轿子，当地的绅士名流都前来道贺。下垅里的肖宗潘、肖玉山、谭宗贤、罗西木都来了。除此外，连一向少有来往的神塘冲罗金生也来了。这罗金生一副獐头鼠目的模样，是当地的一个刺头。凡窃贼偷取的赃物，只要进了他家的门，如同进了保险柜，谁也别想去索回，故被当地人称为窝家。平时国理常指责他的卑劣行径，也曾有过争吵，故不愿与他有什么来往。他今天不请自来，突然登门道贺，国理颇感意外，又不好拒绝。来者即是客，只得按宾客招待。把一批客人请到客厅品茶后，国理便又站在大门口招呼其他来的客人。一时间高朋满座，热闹非凡。

这一天，宗人也没能闲下来。他与水生等一群小孩子守在大门口，鞭炮声一停，便忙着拾捡地上残余的鞭炮，然后把每只折断，围成一个圆圈，划上一根火柴，呼的一声，火焰蹿起老高。

吃午饭时，宗人拉住水生往厨房跑，为他装了一大碗饭，又是鱼又是肉地往他碗里夹。等水生吃饱了，又装了一大碗饭，在上面夹了许多菜让水生端回家给病床上的父亲吃。厨房里准备的东西不是很多，都是算计预备好了的。大师傅们看到五公子心肠如此之好，也不便多说什么，帮着他在盛好的每个菜碗里匀一点出来。宗人出门后，大师傅们个个竖起大拇指，直夸宗人小小年纪就晓得同情穷苦人，了不起。有个主厨的师傅感喟道："一个读书奶崽这样关心穷人，我还是第一次看到。"

南湾街的鞭炮和锣鼓声传到了横过冲，令一人恨得咬牙切齿，那人便是莽魁。他躲在屋里冷笑道："吹吧打吧，看你罗国理还能高兴几天。"

自火烧戏台后，莽魁以死人脚板告状未果，气火攻心，一病不起。前不久的一天傍晚，浏阳戏班的唐知生幽灵般又来到了莽魁家，进门就说："魁爷得的什么病啊？脸色这么难看。"

"你还来做什么。"莽魁见到这个小白脸，气不打一处来，满腔愤慨道。

"看来魁爷的病已是不轻了啊。"唐知生不气不恼，笑嘻嘻道，"小生听说魁爷病了，一来是向魁爷问安；二来嘛，也是为魁爷治病宽心，恭祝魁爷时来运转心想事成！"

"成个屁！"莽魁喝道："都是你出的馊主意，偷鸡不成蚀把米，害得我不浅了。"

唐知生佯装不知，哈哈笑道："魁爷这话从何说起啊？"

莽魁哼了一声说："你来这是看我笑话的是不？借唱戏开赌场烟馆，借死人脚板打官司，哪一件事不是你出的主意？哪一件事又办成功啦？你简直就是个丧门星，我不想再见到你了，你给我快滚，滚！"莽魁往门外一指，气急得又咳嗽了起来。

"既然魁爷不想报仇了，那好，我这就走。"唐知生说完，抬腿欲往门外走。莽魁想了想，知他话中有话，不由喝住道："回来，刚才你说报什么仇，今天你给我把话说清楚了再走不迟。"

唐知生摇摇头，返回了屋里，坐到莠魁的床边诡秘笑道："我就知道魁爷是咽不下这口气的嘛，这才像是我心目中的魁大爷。"说罢，伏在莠魁耳边如此这般了一番。莠魁闻言，由怒转喜，哈哈大笑道："你这戏子的鬼主意就是多，怎么不早说，有如此来头，还怕扳不倒他罗国理？哼，我看这下他罗国理是死定了。"说罢，他双脚跳下床，似乎眼前的唐知生是个神仙，把他的病一下医好了。

国理突遭陷害

是夜，宗人正伏在火炉屋桌前练写毛笔正楷字，抄写的是唐代孟浩然的诗帖《春晓》。国理坐在一旁吸完水烟后，绕到宗人背后观看，发现宗人把"处处闻啼鸟"的鸟字写成了乌，便铁青着脸道："徕崽，鸟字是这样写的吗？"宗人呆了一下，拿过字帖对照了一遍，赶忙在乌字里添上了一横①。国理正色道："中国的汉字十分规范，多一笔少一笔都不行。鸟与乌虽一横之差，意义却不同。光会背还不行，要一字无误地把它写出来，还要理解其意思。"末了，说以示警诫，罚宗人重抄十遍后才准上床睡觉。

贺氏走过来道："都半夜了，时间不早了，让宗人明天再写吧。"

"不行。"国理正色道："明天还有明天，明天何其多。不疾学而能为魁士、名人者，未之有也。"

贺氏拗不过丈夫，便不再言语了。

---

① 鸟的繁体字是"鳥"，乌的繁体字是"烏"，两字差了一横，而不是一点，当时是清朝末年，使用的是繁体字。

鸡已啼叫头遍，国理像往常一样在桌前看书，贺氏仍然没有睡下，坐于床边纳着鞋底。听到鸡叫，不无忧虑道："我想，宗人才五岁，你对他要求如此苛刻，怕有不当，毕竟他还是个小孩子啊！"正在桌前看书的国理望了贺氏一眼："妇人之仁。几个孩子中，数宗人天赋最好，不加雕琢，不勉其志，让其玩野了心，只怕将来悔之晚矣。古人云：人无志不立，志不立，天下无可成之事。虽百工技艺，未有不本于志者。志不立，如无舵之舟，无衔之马，漂荡奔逸，终亦何所底乎。"说到这，又自言自语道："我历代祖上官宦辈出，书香世家，何其荣耀。六个儿子中，唯希望他将来能光耀门庭。"

　　贺氏虽不全懂丈夫话中的意思，见国理心意已决，知道再说也无济于事，便不再作声了。等宗人抄完十遍后，她端来一盆水让宗人洗了脸和脚，语重心长道："以后写字认真点，别再写错了啊！"宗人点点头："我晓得了，字是不能写错的，写错了，意思也就反了。"贺氏夸赞道："还是我的宗人聪明，一说就会，好崽！上床睡吧。"

　　唐知生自横过冲茭魁家出门后，摸黑往浏阳赶。第三天就回到了漓淳口老家，经与一班狐朋狗友密谋，当即请人写好了状纸，他拿着状纸来到了浏阳县衙大堂，匍匐跪拜道："草民唐知生，本县漓淳口人氏，以唱戏糊口为生计。早些天在衡山南湾唱戏时，不料发现了一件祭器，特来禀报知县大老爷。"

　　"祭器祠堂庙宇皆有，有什么好禀报的呀？"知县不高兴地摇了摇头。

唐知生笑道："知县老爷有所不知，这件祭器可不是一般的祭器。小民闻知朝廷逆臣谭嗣同已被正法，当初皇上曾赐封他父亲谭继恂为光禄大夫，并建有光禄祠。慈禧老佛爷还御赐了一件祭器，祭器被谭家敬奉在光禄祠，小民曾有幸目睹过那祭器。谭嗣同被正法后，朝廷要追回祭器，祭器却失窃了。我在衡山南湾看到的那件祭器，龙飞凤舞光彩照人，与光禄祠失窃的祭器一模一样。老爷你想，除了皇家，世上能有这等宝贝吗？"

知县一听激动得站了起来，双眼放出了绿光。这些天来，他正为此急得茶饭无味坐立不安。朝廷下令要他限期破获祭器被盗案，而捕快忙乎了多日仍毫无线索。如今听说祭器有了下落，堵在心头的一块石头终于落了地，忙亲自走下案堂双手扶起唐知生道："祭器在何人手中，快快说来。"

唐知生欲言又止，知县领会，忙从身上摸出一张银票晃了晃道："这是张两百块的银票。你只要把看到的写个证词出来，这银票就归你了。若是破获了盗窃案，本县另有重赏。"

唐知生一听十分高兴，忙把写好的状纸递给知县，索过银票藏到内衣里，急急跨出了县衙大门。

火烧戏台，禁烟禁赌，使罗国理名声大振。当时的衡山县知县王章祺听说了此事后，也很是推崇国理，认为他是乡民的典范，不可多得。这天，王知县正在客厅品茶，浏阳县衙派来两名兵丁送来一份文书交给王知县，说御物祭器被盗，有人首告南湾有人代为销赃，族首罗国理知情不报，有同伙嫌疑，请王知县即刻协助捉拿罗国理归案，并追回祭器。听到这个消息后，王知县大为震惊。他安置好兵丁住下后，不停地在客厅来回踱着步。喃喃道："这个罗国理真是糊涂，身为一族之首，怎么连这个都不懂，包庇销赃御物可是朝廷钦犯，要杀头的啊！"

一旁的师爷道："罗国理的为人你我早有耳闻。依老夫看，罗国理为人坦荡，断然不会做下这等糊涂事的，其中必另有缘由。"

"不管怎么说，公文在此，我乃朝廷命官，不得不为之。"王知县道，"这样吧，本县下一道文书传罗国理到堂，审讯后再做定夺。"

这天一早，国理正在杂货铺张罗生意，一顶小轿停在了大门口，从轿内匆匆钻出了肖宗潘。宗潘说："我刚收到衡山县衙师爷派人连夜送来的信件，说是朝廷慈禧太后赐给浏阳谭光禄的一件祭器被盗，有人告你族有人代为销赃。说你身为一族之首知情不报，有同伙嫌疑，上头已把你当成了首犯。浏阳县衙已移文到衡山县衙，着衡山县衙协同派人来捉拿你，估计兵丁马上就要到了，要抓你到县衙过堂讯问。"

"有这等事？"国理听了，如丈二和尚摸不着头脑。什么祭器呀，他可从来没听说过，更没看到过。想到这儿，他一拳砸在茶几上，愤慨道："谁告我销赃祭器了，证据在哪儿？为人没做亏心事，我怕什么。他王章祺要抓我到县衙，大不了我去就是。我就不信没个讲理的地方。"

宗潘道："你糊涂哇，这世道能有讲理的地方吗？再说，这是桩通天案子，是朝廷追查的钦犯。听我的，好汉莫吃眼前亏。事情紧急，先去我那躲过这阵子，容慢慢再想别的办法。"

这时，董氏、贺氏也听到了这个消息，犹如五雷轰顶，洒泪的同时，力劝国理赶紧避开，家中有她们娘俩顶着，出不了大事的。国理无奈，只得随宗潘去了下垅里暂避一时。

国理前脚刚走，衡山县衙的两名清兵骑着快马后脚就来到了国理家。董氏给两名清兵包了些银圆，好说歹说才把清兵送走。清兵走后没多久，罗国理也回到了家。他百思不得其解，什么祭器，什么销赃，他什么都不知道，如同坠入了云雾之中，眼前是迷茫一片。他弄不明白，好端端的，如何就平白无故摊上了这场毫不知情的官司，是谁在背后陷害他？这时，罗国臣闻讯也来到了国理家，进门就说："我刚听说官差要来抓人，真是冤枉国理兄了。听说是什么祭器销赃案，这事真有些奇怪，听说是浏阳祭器被盗案，浏阳相隔这里几百里路，我们没亲朋在那儿，也没去过，八竿子打不着。我想起来了，我看这事十有八九是莽魁搞的鬼。你想想，上次借唱戏为名开赌场设烟馆，那个戏班的班主不正是浏阳人吗？"

国理恍然大悟，点头道："我想起来了，如此说来，定是他们合谋陷害，一计不成又生一计，这帮畜生，歹毒至极啊。"

旁边的柏弟已是气得摩拳擦掌，说："爹，我带些人去把莽魁揍一顿，也好出出心头之气。"

"胡闹。"国理制止道，"只会逞匹夫之勇，你就不想想，打他一顿他就能认错啦？就能收手了吗？你什么时候才能长大啊！"

宗人站在父亲身旁，听着他们在说话。他不知道御赐祭器是什么东西。但他知道，父亲禁赌禁烟是件好事，为什么有人老要陷害父亲呢？待爹训斥完大哥，他说："爹，你禁赌禁烟既是做好事，为什么那莠魁要害你呀？"国理沉重地叹了口气，不知从何说起。

旁边的晏清气愤地说："爹，那莠魁本来是做了坏事，还恶人先告状，实在是太嚣张了。"

国理摇手叹道："现在说这些都没用，你们都去做事吧，先让我好好静一静。"

唐知生那天到浏阳县衙报过案领了赏后，便又来到了横过冲。他要听听这边的风声，看着官差怎样把罗国理抓走，也好出出心中那口恶气。那天官差来到南湾，他巧妙化装也来到南湾街看热闹。只见那两名官差不多久就打马回衙了。他气得骂了句"饭桶"，与莠魁商量后，亲自跑到衡山县衙，把肖宗潘如何藏匿钦犯的经过向王章祺禀报了一番。而后又返回浏阳，向浏阳知县禀报了衡山县衙如何蒙混包庇，官差又如何渎职，等等。浏阳知县奈何不了衡山知县，只得向省宪衙门做了禀报。其时，唐知生又鼓动浏阳谭姓人士出面上告，要求早日捉拿窃贼，还他们谭家一个清白。浏阳谭姓人自谭嗣同被西太后处决、御赐祭器被盗后，担心被朝廷追查株连了族人，于是通过关系找到了长沙的祭酒王先谦、主政叶德辉、孝廉黎尚雯，三人分别致信省宪衙门、衡州府台、道台，要求彻查此事，并追回祭器。

为了解事情的真相，肖宗潘专门去了趟衡山县城找县衙的师爷。回来后他直接来到了国理家，对国理说："这事果真是莠魁与唐知生搞的鬼，这两条毒蛇狠毒至极啊！"

"不是他们还能有谁啊。"国理沉沉叹了口气道，"如今世风日下，朝政不纲，官府不分青红皂白，看来这场官司是打定了。"

"是啊！"肖宗潘抽完一袋水烟，摇头叹了口气道，"听师爷说，省宪衙门已经行文到衡州府，责成府衙迅速追查祭器的下落。还有长沙的几个权贵，如王祭酒、叶主政、黎孝廉都出面了。看来理先生得时刻多加小心，只可避其锋芒，不可硬顶。我有个恩师在礼部供职，我已经去了书信说明真实情况，请求恩师与府县打个招呼，查明事实真相。"国理望着眼前这个患难与共的表兄，不由握住肖宗潘的双手，激动得不知说什么才好。

怒斥官兵

平白无故摊上了这桩天大的官司，国理全家人陷入了极度的不安中。许多人包括一些亲戚族人怕遭连累，躲得远远的，很少来国理家走动了。就连过去常来杂货铺买东西的邻居，也去了别的店铺。生意一清淡，家境更是艰难。幸好柏弟跟周武师不但学了一身武功，还学会了治疗跌打损伤的医术。他靠着这身本事，游走江湖，赚些钱回家补贴家用。晏清和壬甲协助父亲打理生意外，又全力耕种好两亩多田地，不让全家人饿肚子。这时的宗人，经历了一系列的事情后，想不明白这一切究竟是为什么。看到父亲成天板着脸，又日渐消瘦的面孔，他心疼父亲，但又不知怎样安慰父亲，让父亲高兴起来。由此一来，他由过去遇事好问的性格，变得沉默寡言起来。贺氏见了，含泪道："宗人，家中无论发生了什么事，有我们大人撑着，不关你们小孩儿什么事的。你仍然要好好学习，该玩就玩，该吃就吃，莫跟着急，听到没？"宗人点了点头，但心中一直难以平静下来。他已经懂事了，家中摊上这种事，事实上也平静不下来。除了读诗写字，他常常帮着家里做些家务事。两个哥哥在地里劳动，他会到地里帮着拔草。母亲在厨房做饭，他也会主动为母亲洗菜烧火。他唯一能做的，就是多干点儿活，多认识些字，以此忘却心中的不快，也让父母亲高兴点儿。

上次衡山县衙派来的两个兵丁没能把国理带回县衙，王章祺并没放在心上。他知道罗国理的为人，也知道这是一桩扯不清的官司。只是浏阳移文来此，职责所在，他做做样子而已。但这天的上午，衡州府衙已派快骑送来一纸公文，说事关重大，命衡山县衙协助州府捉拿罗国理到案。这次他可不敢大意了，办案不力上头追查下来可是要撤职查办的。于是他与师爷商量了一会儿，派出一名兵丁，带领州府两名官差，一行快骑往南湾奔驰而来。

这次又是肖宗潘事先得到师爷送来的消息，他赶忙雇了顶轿子，把国理抬去藏到深山中一个远房亲戚家中安顿了下来。

一队清兵凶神恶煞来到南湾街，有两名兵丁把守国理家大门，其余的冲进屋里一阵翻箱倒柜。见没发现国理，为首的那个麻子官差站在屋中对董氏厉声喝道：“罗国理去哪儿了，快快把他交出来。否则的话，我们把你家抄了，把大门封了，让你们这些妇孺无安身之地。”

贺氏泡上一杯茶双手奉上，强笑道：“官爷息怒，国理确实不在家，出去收账月余未归，还请见谅。”

啪的一声响，贺氏手中的茶杯被那麻子官差挥手扫落在地，顿时贺氏的手被开水烫得红肿了起来。宗人抚摸着母亲被烫红的手，怒目而视官差。晏清站立前面，紧紧护住母亲与宗人。一旁的柏弟正要上前与官差拼命，被董氏一把拉住。五人抱立一团，组成了一道不可逾越的屏障。

麻子官差见这阵势，先是一怔，继而冷笑道："怎么，你们这些妇孺还想动手，找死呀？今天我们是奉府台大人之命来抓捕钦犯，谁要是再敢阻拦我们，一并带回府衙治罪。"

"好哇，你们把我带走好了，我老太婆死了正愁没钱买棺材哩。"董氏说着，向麻子官差面前走过去。那麻子官差见一老太婆竟敢朝自己闯来，挥动手中的长刀喝道："你想找死。"就在这时，小宗人已闯到麻子官差面前大叫道："你敢？"晏清双拳紧握，抢先一步护住宗人，逼住了麻子官差，麻子官差竟被眼前的场面吓住了，回过神来说："好哇，老的少的都上来了，一屋人全反了，看我敢不敢。"对站着呆立看热闹的兵丁大声道："还看什么，通通给我抓起来带回府衙问罪。"

正待官兵要动手时，突然伴着一声"且慢"，肖宗潘急急从大门外跨了进来。他来到麻子官差面前，笑容可掬道："官爷息怒，妇孺不懂事，老夫在这向官爷赔罪了。"说着又深深鞠了一躬。麻子官差瞪着宗潘道："你就是罗国理？""非也。"肖宗潘笑了笑，拉住麻子官差往里屋走："请官爷借一步说话，我有话要对官爷说。"麻子官差知妇孺难缠，说抓他们去府衙只是想吓唬一下他们，可他们反倒围了上来，没有丝毫惧色。正感不知如何才好时，见宗潘来帮他解了围，便毫不迟疑地跟着宗潘来到了客厅。

落座后，肖宗潘从怀中摸出一张银票塞到麻子官差手中，笑道：

"官爷辛苦了，一点儿茶水钱略表敬意。老夫是地方上的儒生肖宗潘，礼部的康大人是老夫的恩师。官爷有所不知，国理确实不在家，你把这些妇孺带走，能起什么用？再说一人犯法一人当，妇孺们不懂事，还请官爷手下留情。国理什么时候回家了，我即刻劝他去府衙投案自首，你看这样好吗？"

麻子官差扫视了一眼银票，又听宗潘说朝中有人，不好得罪，便顺水推舟道："你这话还像话。你知道，我们吃官饭的也是奉命行事。这样吧，罗国理回家了，要他主动来衡州府衙投案自首，免得我们再跑一趟。若仍拒不到案，我们下次来了，可就没这样轻松了。"

肖宗潘连忙点头称是，把他们送出了大门。这会儿，肖宗潘发现了余怒未消的宗人，走过去拿手摸了摸宗人的脑袋，笑着说："我刚才都看到了，我这几个侄子都勇敢，敢与官差叫板，像个男子汉！特别是宗人，那句'你敢'，把官差都吓住了。"贺氏点头道："是啊，别看宗人平时话不多，胆子可大着哩！"肖宗潘道："平时不乱说话，关键时刻顶得上，这才是可造之才啊！"

国理进京告御状

横过冲的莠魁一直关注着南湾的动静，恨不得官兵立刻把国理抓获，除去这个心头大患后，他好重操旧业。这天，又听说府衙官兵来南湾抓国理了，满以为这次是万无一失，不想国理事先得到消息又躲了起来。他正想派人去向官兵告密，又有消息说官兵正要抓捕妇孺。他想这办法也不错，可以逼国理就范，却不料肖宗潘站了出来，轻而易举地化解了这场危机。他由此又憎恨起肖宗潘来，每次眼看大事已成，都是他从中斡旋，事情便发生了转机。他对肖宗潘是又恨又怕，上次唐知生去衡山县衙状告他包庇朝廷钦犯，但一直没见县衙派人对他采取什么拘传措施，听说他的恩师是朝廷礼部的什么官儿，看来这棵树是再怎样使劲儿也摇不动了。不管怎么说，通过"借刀杀人"这条锦囊妙计，虽人没杀成，但已使罗国理元气大伤，几乎人心尽失。不说别人，连他的亲朋好友都怕惹火烧身，很少与他家来往了。这也算是初战告捷啊。想到这些，莠魁已是喜不自禁。正好这会儿唐知生来了，经过一番商量后，他决定重搭戏台，在自家门口唱戏三天，以示庆贺。当然，为防另生枝节，他决定先不忙设赌场烟馆，看看情况再说。

自从祭器案发生以来，罗国理整日忧心忡忡，坐卧不安。早上官兵来骚扰，险些闹出大事来。虽说经潘先生出面化解，总算搪塞了过去，但终究不是办法。每次官兵一来就躲，把家丢给老娘与妻小，让他们跟着担惊受怕，这不是罗国理的性格，再说心中也忍不下这口窝囊气。罗国理一生堂堂正正做人，他不想就这样心甘情愿让人往头上扣屎盆子。可眼下有什么办法啊，对面横过冲唱戏的锣鼓声，明摆着是在向他挑战，搅得他心中像打翻了五味瓶，不是个滋味儿。几年中，为这场冤枉官司，罗国理心力交瘁，头发全白了。

这天，他来到了肖宗潘家，向肖宗潘表明为了洗刷冤屈，他要进京告御状的想法。肖宗潘点头叹气道："告御状谈何容易啊！听说是要滚钉板的。"

"滚就滚，只要能洗刷不白之冤，让我做什么都行。"国理态度坚决。

宗潘点点头："既然理老弟决心已定，这样也好。只是去京城路途遥远，我有个恩师在礼部供职，有他帮忙，要方便许多，我陪你去吧！"

国理除了感激，再说不出别的话来。每次家庭发生变故，多亏有潘先生全力相助，要不是他，还不知会是个什么样！

贺氏听说国理要进京告御状，很是支持。她对国理道："就是倾家荡产，也要讨回清白。"有妻子的支持，国理更坚定了进京告御状的决心。

晚饭时，国理嘱咐子女道："我明天要出趟远门，不知何时才能回家。至于家中的事务，柏弟你是老大，要多担待点。晏清你要协助你娘把铺子的事情管好，还要多辅导宗人的学习。你们几个都要听奶奶和娘的话，不许调皮惹事。我与你潘伯伯不在家，若是官兵来了，能躲就躲，躲不了就忍，千万不要与他们争斗，你们听到没？"柏弟等几兄弟连忙点头称是。董氏不无担忧道："理儿，这里离京师相距遥远，山匪路霸又多，一路上要多加小心才是。"国理笑笑道："娘放心好了，有潘先生一路同行，你们就不要担心了。"宗人仰起脑袋问："爹，听说进京告状要滚钉板，滚钉板是什么呀？"国理笑了笑道："是朝廷为进京含冤告状的人设的一种刑罚，就是进刑部大堂的路上，铺满钉满了铁钉的木板。去告状的人要是觉得有冤情，就从铁钉上一路滚进大堂，才能证明有冤情，才有资格上告。"宗人道："爹，从那么多钉子上滚进去，多痛啊。"晏清也说："爹，那就不要去告了啊！"国理道："不告，栽在我脑壳上的冤案就永无昭雪之日，这一屋人也会时时为我担惊受怕的。只要能洗刷冤案，滚就滚吧，大不了搭上一条命。"此时，董氏已是泪流满面，贺氏抽泣着躲到里屋掩面痛哭了起来。一家人沉浸在无比的悲愤之中，这天的晚饭，除了国理在吃饭外，其他的人没动一下筷子。

第二天的黎明，国理与宗潘各背一个包袱要上路了。董氏叮嘱道："宗潘，这趟就辛苦你了，你们两个一路上要千万小心，逢水行船，遇黑借宿。千万不要为赶路错过了借宿时间啊！"宗潘笑道："姑妈放心好了，我们两个会注意的。"此时贺氏已擦干了泪水，依依惜别道："他爹，路上要小心点，不管情况如何都要早些回家啊！"国理点头答应，与家人洒泪而别。黎明时分，两人渐渐远去，消失在远处的天际。

宗人与晏清跟着父亲走了一程，在父亲的再三劝说下，才止住了脚步。望着爹和潘叔消失的背影，想起爹此去路途遥远结果渺茫，两人的眼眶都溢满了泪。

这时候的宗人，心中思潮起伏。他想不明白，为什么这个世道总是好人受气，坏人反倒神气。此时此刻，他只有一个心愿：愿父亲此去能打赢官司，为家里，也为穷苦百姓讨回一个公道！

第五章

天灾人祸

为父担忧

　　国理与宗潘动身上京后，董氏与贺氏时刻惦记着，一颗心整天忐忑不安，没别的办法，只能寻求神灵庇佑，于是两人每天早晚都要在神堂前烧香祭拜一番，求祖宗和上苍保佑国理与宗潘一路平安。这天晚上烧完香后，董氏与贺氏低头默默地纺着纱，谁也不说一句话。国理没在家，贺氏谨言慎行，也不让儿女们随便外出，店铺没什么生意时，便早早关了门，一家人在屋里各做各的事，除柏弟出门行医外，全家人几乎与外界断了往来。宗人则天天拿着父亲临行前交给他的《三字经》和《幼学》，背腻了就抄写。这天他抄完了两页纸，突然想起一件事，便蹲到母亲旁边问："娘，爹去那么久了怎么还不回家呀？"贺氏道："去北京山高路远的，你爹这阵子只怕还回不来啊！唉，也不知他们到了哪里，见着皇帝了没有。"宗人歪着脑袋问："爹说进京告御状，御状是什么状啊！"贺氏道："就是向皇帝告状。""皇帝是谁，是多大的官？"宗人爱打破砂锅问到底，贺氏苦笑了笑："皇帝是最大的官，天下的官和百姓土地都归皇帝管着哩。"宗人嘀咕道："这个皇帝不是好人，是好人就不会听信坏人的话了。"贺氏忙说道："这话可不许与外人说，让官府的人听到了是要砍头的。"

正在这时，有个叫刘生的本地人来到了国理家，他向贺氏作了个揖，装作一副不平的模样说："理先生含冤受屈，都是那个莠魁搞的鬼。莠魁如此之恶人，还不如找几个人把他废了，免得他再去祸害人。"贺氏冷言答道："莫在这乱讲，天理还在，善恶到头终有报。谁是好人谁是坏人，人人心里都明白的。"刘生见贺氏有些不高兴，不敬茶也不让坐，站了一阵，只得没趣地出了门。刘生走后，柏弟摩拳擦掌说："娘，刘叔说得没错，这些天我越想越有气，他莠魁太欺负人了。我去喊几个人把他狠狠揍一顿，也好出出心中这口恶气。"贺氏喝道："不许胡来。你忘了你爹出门时是怎么交代你们的吗？刘生是什么样的人我晓得，这种人的话也能听？他是掘个坑叫我们跳进去，好把全家人埋了。你行医就好好帮人看病，不看病就在家规规矩矩干农活，不要惹出什么是非来，晓得吗？"董氏也过来道："你是要做爹的人了，遇事也该动动脑子了啊！怎么还是那样莽撞？如今他莠魁有官府撑着，得意得很哩。你这样胡来落下什么把柄让人抓着，你爹更是有理无处诉了。记住，千万别去惹事啊。"柏弟点头答应。这时，晏清走过来道："娘，这几天铺子里更没什么生意了，一天难得有几人上门买东西。平时经常来我家铺子买东西的人这会儿都不来了，都去了别的铺子买。"董氏叹气道："这就是人心啊！平时这些人有事无事老来找你爹，如今见了我们避之不及，像躲瘟神一样。"贺氏不无忧虑道："别说是邻居，就是那些亲戚，又有几个上门的？

不管如何，你们几个要争气，读书的读书，做生意的做生意，干农活的干农活，遇事以忍为重，不可逞一时之勇。"末了她流下泪来，叹气道："也不晓得你爹他们怎么样了！"宗人看着奶奶和母亲忧伤的表情，很是担心，拉着奶奶的手安慰说："奶奶，娘，你们也别急，爹和那个潘叔叔在一起，是不会有什么事的！"董氏摸着宗人的头欣慰道："宗人说得对，他们两个在一块儿，无论发生什么，都能应付得过来，想必不会有什么事的。"

话说国理与宗潘自从离开南湾后，步行到衡山，搭上了一条去长沙的帆船。三天后，又从长沙转乘帆船到了武汉。经晓行夜宿，一个月后，两人来到了郑州。晚上，国理与宗潘在客栈吃饭时，发现三五成群的人在偷偷议论着什么事，样子极其神秘。靠近他们邻桌的是两个从京城来的客商，两人一边喝酒一边说着悄悄话，只听其中一人说："你听说了吗？光绪皇帝于上月驾崩了"。末了，他又伸出三个指头："仅隔三天，慈禧太后又归天了。"另一人喝下一盅酒低语道："可不是，今天听一个从京城来的朋友说，慈禧太后临终前，传旨立一个三岁的小孩子当皇帝。三岁的孩子乳臭未干，连拉屎拉尿都要人脱裤子，也能管理国家大事，真是闻所未闻的笑话。"先头那人看了看周围，喝下一盅酒沉声道："看来这大清的气数真是要尽了啊！"另一个接口道："是啊！我那朋友的亲戚是个地方小吏，他说如今可乱着呢，官贪民反，根本就不听朝廷的了。"他们正要往下说时，门外传来一阵吵闹声。他们发现有官兵来了，忙止住话题举杯喝起闷酒来。

国理与宗潘匆匆吃完饭，两人回到客房。宗潘说："刚才听那两人讲，朝廷发生那么大的变故，光绪皇帝与西太后都驾崩了，不知是不是真的。要是真的，你说我们还去京城吗？"国理沉吟道："是啊，先打听清楚，真要是那样的话，我们就不去了。一个三岁的小孩子当皇帝，朝廷还不知乱成什么样。当初是西太后下旨要追回祭器的，她死了，我们找谁去申冤啊！"宗潘点头道："说得极是。依我看，明天再去打探一下风声，真如他们所说，此时朝廷必人心慌乱。清朝连江山社稷都难保了，谁还会追查一个小小祭器的事啊。我看京城也没必要去了，御状也没告头了，我们还是尽早返回南湾吧！"国理点头同意。于是他们两人又在客栈住了两晚，打听到以上情况属实后，从郑州按原路返回了南湾。至此，这桩令国理心力交瘁的诬案才算告一段落。

同情疾苦，打抱不平

第二年即1909年的春夏之交，湖南一带连续普降暴雨，房屋倒塌无数，庄稼大多被淹。滚滚洪水流入湘江，直泄而下，两岸的庄稼被洗劫一空，洞庭湖洪水泛滥成灾。当时的清廷政府只剩下了一具躯壳，贪官横行，国库空虚，政府已根本无能力救济灾民。各地灾民无法生存下去，便纷纷涌向外地乞讨，导致乞丐成堆，哀号遍地，随便走到哪，都能看到路有饿死骨的惨象。

南湾这个偏僻的小山村，也难逃洪涝灾害带来的厄运。不少穷苦人的茅屋一夜之间倒塌了，田地庄稼也被淹没冲毁。地里没有收成，大多数人失去了生活来源，只得流离失所、浪迹他乡。

南湾也是饥号声声，几天之内，外地不少逃荒要饭的灾民也向南湾涌来。南湾街与鱼形街上的屋檐下，每天或跪或躺着数百名面黄肌瘦的男男女女，他们可怜巴巴地望着过往行人，把街头店铺堵了个严严实实。有不少的童男童女头插草标，谁要是拿出几吊铜钱，就可把人领走，其场景惨不忍睹。

面对如此之惨状，年幼的宗人十分同情露宿街头的灾民。他每天在灾民中穿行，若看到有人实在饿得不行了，就到自家杂货铺拿些吃的送给他们。有一天，他看到南湾街北的屋檐下，躺着一个哭泣的小男孩儿，屁股全裸露在外面。旁边的妇人披头散发、一动不动瘫软在地，只有一对眼睛在转动，一看就知道是饿伤的。宗人跑回家拉着母亲就往街北走。贺氏不知发生了什么事，跟着宗人来到那母子俩跟前。宗人指着小男孩儿说："娘你看，他们衣服也没得穿，又饿成了这样，娘救救他们好吗？"贺氏点点头，对宗人说："好吧，我回去找找你们穿过的衣服，一会儿就来。"说罢赶忙回了家。不一会儿，贺氏拿来了两件小孩儿衣服，又端来了一碗米粥，俯身对蜷缩在地上的女人说："起来把这碗粥喝了，给小孩儿把衣服穿上吧。虽说是大热的天，但蚊子多，莫让蚊子咬了他。"妇人起身将粥先给小孩儿喝了一多半，剩下的自己喝了。回家后，贺氏笑着对宗人道："你小小年纪就晓得同情穷苦人，不愧是国理的崽。只是这样多的灾民，我们家也是手长衫袖短，家里也没几粒粮食了，怎么办才好啊！"已经七岁的宗人，当然能听懂母亲的话，也知道屋里没什么粮食了。但他看到那些奄奄一息的饥民，每餐端起饭碗就吃不下饭。他往往是随意吃了几口饭，便将剩下的大半碗饭端到街上，送给那些饿得不行的小孩子吃。

看到涌来越来越多的灾民，国理也是心急如焚。地里的粮食被洪水淹没，杂货铺的生意又萧条，不厚的家资被那场冤枉官司几近耗尽。可目睹这些饿得皮包骨的饥民，国理很是同情，仍想方设法挤出点粮食来熬成粥，分送给饥民喝。这样一来，周围的灾民都知道国理在南湾街行善施粥，纷纷赶了过来。南湾街的灾民越聚越多，把整条街都塞满了。目睹这个现状，国理进退两难。怎么办呢？家中连自己都没得吃了，在这种情势下，如果停止施粥，势必会引发灾民的纷乱。万般无奈之下，国理狠下心，只得变卖祖上遗传下来的几幅珍贵字画，到罗金生家换些粮食接济灾民。董氏和贺氏支起一口大铁锅熬粥，晏清与宗人负责送粥。其中有几个病重的灾民，国理把他们接到家里，用自己学得的一些医方，悉心地为他们治疗。不久后，聚集在南湾街的灾民发现，并不富裕的国理家顶不住了，这才慢慢地自动散去，去了别的地方乞讨了。

饥荒年月多病痛。尽管杂货铺的生意萧条，可中药铺的生意却越发地旺盛。病人多，有钱买药的少；赊药的多，付现钱的少。一天，国臣劝国理道："我看你这药铺生意本钱都收不回来了，还不如关了的好。"国理叹道："这南湾只有我这家药铺，关了的话，要是谁家有个三病两灾的，一时到哪儿去抓药啊！再说了，有的药是柏弟与晏清上山挖来的，也没花什么本钱。""你呀！"国臣摇头道，"上山挖药也是要工的啊！自己家都无米下锅了，还是改不了菩萨心肠。"

大灾之中，地方上的恶霸势力也趁机作乱，残酷地掠夺民脂民膏。

这年仲冬的一天清晨，下垅里的肖关成急急忙忙来到国理家。进门后，便哭诉："去年，我家借钱买了头黄牛，满以为靠这头牛帮人犁田赚点儿钱度日。可没想到，前天的一个晚上，牛被贼偷走了。前天晚上又下了点儿雨，恰好成生也在我家，成生半夜起来解手经过牛栏时，发现牛栏不见了牛后，便叫了一声'有偷牛贼'，独自循着牛脚印追了过去，一直追到神塘冲罗金生家大门口时，牛脚印不见了。成生知道是罗金生所为，顾不得想别的，敲开门要进屋找牛。门开后，成生还没来得及说话，就被屋内几人按倒在地，当贼暴打了一顿。如今牛也没了，成生的脚也被打断了，这可怎么得了啊！"

"有这等事？"国理听后大为震怒，气得把手中的铜烟壶往桌子上一蹾道："岂有此理，这个罗金生也太无法无天了。"喘了一口气又道："这事容我与人商量后再想办法，先治病要紧。这样吧，我先与你去看看成生的脚，骨头断了就要赶紧接骨疗伤，耽搁不得的，我这就顺便抓些草药去。"说罢，到药房抓了一包草药叫关成提着，两人一起出了门。

从关成家回南湾后，国理找来了国臣，把成生的事前前后后与国臣说了。国臣面有难色道："这罗金生是个人见人怕的窝家，为人歹毒，要想让他还回耕牛，恐怕不是件容易的事喽。"国理沉声道："还不还牛是一回事。你我都是族中主事者，要是遇上这种事都不管不问，岂不是助长了地方上的歪风，今后有何脸面面对族人啊！"

"好吧。"国臣无奈道，"我陪你去一趟神塘冲，能否说得动他就看你的了。"

神塘冲大屋坐落在南湾西北角的一处山旮旯里，是一栋三进八厢的青砖瓦房。别看这罗金生五十岁才出头，名声却响得很，十里八乡的人听到"罗金生"三字，都如遇瘟神般避之不及。国理和国臣来到罗金生家，寒暄几句后，国理说明来意，想要讨回肖关成家的牛，可罗金生拒不承认牛是自己派人偷的，双方不欢而散。

牛没要回来，却怄了一肚子气，国理气得在床上躺了两天。他气这些罗氏不肖子孙，也更气这个人吃人的世道。他想：自己作为一族之首，地方上的强权恶霸势力如此霸道，自己却没办法阻挠，当这个族长有何用啊。他当即向族中人提出辞去族长一职，但族务会开了一个晚上，也没人愿意出任族长一职，族中人都说，论人品论能力，族长非他国理莫属。国理没有办法，只得重新担起了这个担子。

转眼又到了严冬，由于洪灾毁掉了地里的庄稼，很多人家颗粒无收，早就揭不开锅了。地里的野菜早被挖光，可肚子空着难受，总得要些东西来填。这时，有人发现，南面的山坡上有一片黑红色的泥巴叫观音土，挖来可以填肚子。于是仓里没粮的人家便蜂拥着去挖观音土吃。肚子是填饱了，可这观音土毕竟是泥土，吃进肚子消化不了，拉不出屎来。看到这种情形，国理把通便润肠的中草药熬成药液，亲自分送给吃了观音土的人家。但药液毕竟不是灵丹妙药，谭祖冼一家几口终因吃得太多而被观音土胀死。

宗人看到这些后，心中十分难受。为了体验一下，他特意跑到山坡挖回一杯观音土，放进嘴里试了试，又酸又涩，难以入口，更别说是吃下去了。这一件件的辛酸事，给宗人幼小的心灵留下了深深的烙印。

国理遭遇绑架

沉重的生活负担，使国理从小就养成了晚睡早起的习惯。每天早晨天刚蒙蒙亮，国理便起床了。起床后，他先打开大门，仰面看看天气，活动一下筋骨，然后便打开杂货铺的门，取下窗板，用鸡毛掸子逐一清扫坛坛罐罐上的灰尘。这是他多年来养成的习惯。当做完这些后，如没人来买东西，他便坐下来看书。如是夏秋时节，便开始扇制蚊烟。

这天早晨，国理打开大门正要仰头观望天气，从南边的大路上走来一瘦一胖两个穿长衫的中年人。他们来到国理面前，稍胖的人上前躬身问道："请问先生，去小集的路怎么走？"

国理用手指街北方向道："沿着这条大路一直往前走，经长岭一直往北走，就是小集了。"

瘦的那人紧接着笑笑道："我们有点急事，初来贵地不知路径，还请先生送我们到街口如何？"

"好吧。"国理是个热心肠，想也不去多想，率先走在两人前面，带着他们来到了街口，站住用手指前方道："往前一直走，过了长岭再往北走就是了。"

"麻烦先生再送我们一程吧。"此时，刚才还满脸堆笑的胖子已完全变了副面孔，用力往前推了国理一把。国理正要转身，但为时已晚，两人上前一左一右夹住国理的胳膊往前面拉。国理发现不对，知道遇上了绑匪，他挣扎着大叫道："你们是谁，为什么要绑我，快放开我。"瘦子土匪哪还容国理分说，从长衫内掏出枪威胁道："放老实点，再叫，老子就让你吃枪子。"

　　此时，住在街北端的罗国臣刚好起床了。他正要到后面的茅屋去解手，隐隐约约听到国理的叫声。他想：这么早国理在与谁吵嚷？匆匆解手后往吵嚷的方向跑去，这一看吓了他一跳。只见两个拿枪的人夹着国理往北边的大路上走去。此时此刻，他知道国理已经被土匪劫持了，便一边往国理家奔跑一边大喊道："大家快起床啊，理先生被土匪绑走了，理先生被土匪绑走了……"

　　经国臣这么一喊，整个南湾街立时沸腾起来了。已起床的拿起锄头扁担往街北追去，没起床的来不及穿衣赶紧起床往外走。国理家对面的春生马上提出一面铜锣，一边敲锣一边大喊道："抓土匪呀，土匪把理先生绑走了，抓土匪呀……"

　　罗家人听国臣报告这一消息后，更是心急，齐齐赶往街北。此时，相距街口两百米之遥，国理已经坐在地上，显然是不愿往前走了。俩土匪轮番用枪托砸着国理的脊背与胸部，大声吆喝他起来。国理知道，多走一步就离死亡近了一步，任土匪怎么砸，也不愿起身。俩土匪没办法，只得紧紧围住国理，双眼盯着赶过来的人群。柏弟手拿一根棍棒，正要与晏清往前走去，相距百十米远时，被土匪喝住了："你们要是再上前半步，就叫他脑袋开花。"

说着，枪口指向了国理的脑门。柏弟与晏清看这阵势，知道土匪都是心狠手辣之徒，担心惹急了土匪，会对父亲不利，便停住了脚步，后面相继跟上来的人群也不敢贸然上前了。董氏、贺氏见到这幅情景，泪流满面地呼叫着国理的名字。贺氏甚至要下跪向土匪求情，求别伤害了国理。刚要跪地，被守候在身边的宗人拖住了。宗人道："娘，这些土匪的心都是黑的，你不要向土匪下跪，没用的。"

此时，人们听到锣声从四面八方赶了过来，有的拿着鸟铳，有的拿着锄头，有的拿着扁担，数百人把俩土匪与国理围成铁桶一般。人人摇着手中的器械高呼着"打土匪，打土匪"。但担心土匪对国理下手，都不敢向前一步。肖宗潘也闻讯赶了来，他拨开人群对百米之外的土匪说："两位好汉，罗国理是个好人，求你们放了他吧。若是要钱，这个好说，你们说个数吧。"俩土匪看到被这么多人围住了，知道走是走不脱了，仗着有人质在手，并不慌张，立在原地，牢牢地看住国理，无论大家说什么也不予理睬。

这样僵持了一上午，赶过来的人越聚越多，土匪也知众怒难犯，有些畏惧了。瘦子埋怨胖子道："我说不接这单生意，你偏要接，现在可好，脱不开身了。"胖子瞪了瘦子一眼："笨蛋，那你为什么还要来，还不是为了钱。现在说这些有用吗？"瘦子叹说："那个罗金生小气得要死，才一百银圆。早知是这样，就是一千银圆我也不会来的。"胖子用枪托敲了瘦子一下："闭上你的臭嘴。"国理听了，心中有了底，知道土匪已经有些胆怯，心理防线开始崩溃，只是不得已才硬撑着。想到这里，自己的胆气壮了起来，对瘦子说：

"我与你们无冤无仇的，你们绑我，莫非是罗金生花钱雇的你们？"瘦子欲要说话，被胖子喝住道："别与他废话了。"

时值八月初，秋老虎的尾巴仍在施展着余威，天气闷热得厉害，大家的身上已被汗水浸得通透。许多人早饭也没吃，但没有一人退出。就这样一直紧紧地把国理与俩土匪围住，与土匪对峙着。人群中也有人向土匪好话歹话说尽，土匪全然不予理睬。有几名手持鸟铳的农民端铳瞄着土匪，又怕伤了国理，不敢开铳。土匪也十分聪明，有国理做人质，谅人也不敢开铳。为防国理挣脱开，用绳索把国理捆得更牢固了。

只有一箭之地，相距不到两百步，董氏望着国理被土匪反绑着，坐在地上一动不动，急得浑身打战。贺氏已是成了泪人，声音嘶哑得说不出话来了。晏清一步不离护住奶奶，不让她有什么意外。宗人则牵着母亲的手，不断地安慰母亲，为母亲擦去脸上的泪珠。时近中午，刚才还是阴沉沉的天空突然下起了雨点，天地混沌一片，雨点打在身上已觉有丝丝凉意。肖宗潘想：这样耗下去也不是个办法。他与国臣商量后，派人去下垅里，把通晓江湖的新发长子请来，看看他有什么解救的办法没有。

新发是个一米八高、浑身瘦瘦的中年男子。因其个子高大，人称新发长子。早些年闯荡江湖时，他曾数次与土匪打过交道，懂得一些土匪黑话与江湖规矩。他闻讯后急急赶了来，问明情由后，要贺氏筹措了一百大洋用袋子装着，便来到人群前，对着俩土匪打了个手势，大声道："高师，请问两位朋友从哪里来，到哪里去？"

说也奇了，一直默不作声的土匪此时也向新发长子打起了手势，高声道："从东边来，到西边去。请问朋友是哪路神仙，敢来蹚这趟浑水。"

新发长子竖起大拇指打了个手势道："在下人称黑面兽，曾与你们大当家的有数面之交。请两位看在在下的薄面上，今天放罗国理一马，不知意下如何？"

俩土匪低头商量了几句，胖子高声道："请朋友过来说话。"新发长子闻言，大步向土匪走过去，又打了几个手势，上前把一包大洋递给了胖土匪。只见俩土匪向新发长子打了个拱手，欲要离去，却不敢抬腿。四周人群激愤，早已是围了个水泄不通。新发长子拱手对人群道："请北边的乡亲们让开一条道，让这两位朋友走吧。这两位朋友也是受人之托，大家不得为难他们。"

肖宗潘也高声道："听新发的，请大家让条道吧。"

见肖宗潘也发了话，愤怒的人群虽不情愿，却也无奈，默默让出了一条道，眼睁睁看着俩土匪从面前走过，消失在前面的树林里。

受此一惊一气，国理病倒了，而且病得不轻，几天里滴水不进，一家人守候在床前又急又气。肖宗潘眼看国理病成这副模样，心里也是十分着急。他想，万一国理有个什么好歹，这一大家子老老少少不说，地方上也将从此不得安宁。他知道，国理本来体质就差，经这一惊一气，已是五劳七伤虚损上升，单靠几服草药是治不好的。于是，他赶到衡山县城，通过师爷介绍，请来了有名的中医为国理治疗。通过一个多月的调理，国理渐渐能下地走路了，面庞也开始有了红润，全家人悬着的心才落了地。

虽然明知道这次被绑是罗金生买通土匪所致，可没拿到真凭实据，加之社会混乱不堪，恶霸当道，国理也动他不得。何况罗金生是个地痞无赖，根本没理可讲。国理只好忍下这口气，事后当什么也没发生过一样，专心经营杂货铺和中药铺的生意。

目睹了绑架事件后，宗人比原来更懂事些了。他不再有事无事缠着父亲问这问那，而是学会了单独思考。没事时，他就一人坐到一个僻静的地方发呆，想些发生在身边的事情。比如那个荞魁，那个罗欠苟，那个罗金生，还有那满街饿得皮包骨的灾民。这些影子，像一幅幅画面，不时地在他脑壳里飘来飘去。尽管想来想去也想不出个所以然来，但他不相信像奶奶所说的那样，人的富贵贫贱是命中注定的。要真是那样的话，老天也太不公平了。既然老天不公平，为什么还有许多人，也包括穷苦人，常常要焚香跪拜上天呢？

灾荒年景，盗贼也多了起来。南湾垅接二连三发生耕牛被盗事件，都与罗金生有着直接或间接的关系。罗国理遭遇土匪绑架的事情发生后，人们更加畏惧罗金生了。事情明摆着，罗金生连罗国理都敢动，更不用说是别的人了。所以，哪怕是眼睁睁看着自家耕牛或猪羊被牵进了罗金生家，人们也不敢上门索要，只能自认倒霉了。

这天，柏弟对国理说："爹，神塘冲的罗金生更是无法无天了。这些天垅里有好几家的牛被盗，都说与他有关。上次爹遭遇土匪绑票，谁都晓得是那罗金生买通土匪干的。爹如今对他都不闻不问，他胆子更大了。这样下去，垅里的牛被偷尽不说，地方上也将不得安宁了。哼！我真是咽不下这口气。"

国理瞪了柏弟一眼道："你可千万不要胡来，你以为我不想管吗？金生这种人，什么事都做得出来。对付他，总得有个万全之策才好。他家打手有好几个，就凭你那几下子，能奈何得了他？"这时宗人也说："爹，为什么那么多人家的牛被偷了，就没人去告发他。那些官兵做什么去了？"国理叹道："你还小，不懂如今的世道。"宗人拧紧眉头，似懂非懂，没再说话。

一天，国理与宗潘谈起地方上的治安问题时，自然谈到了罗金生的一些恶行。国理叹道："牛是农家的命根子，如今耕牛累遭盗窃，养牛户人心惶惶，生怕家中的牛被偷了去。有的干脆把耕牛卖了，长此下去，种田人没了牛，拿什么来耕地啊。"

宗潘也叹气道："罗家垅也经常有丢牛的事情发生。罗金生与土匪相互勾结，谁也奈何不了他。你国理他都敢害，别人就更不必说了。为今之计，我们只有报官了，看官府治得了他不。"

国理摇头道："如今的官府空有其名，会来管这种事吗？"

宗潘道："这个我也知道，除此没别的办法，只好死马当作活马医了。"

没几天，由南湾下垅里多人签名的一份状纸送到了衡山县衙。知县看过状文后，不屑道："如今时局不稳，官府哪有时间来管这些小偷小摸的事啊。"说罢，将状文当堂丢给起诉人道："这种小事由你们族中自己去处理吧。"

第六章

私塾启蒙，初露锋芒

入学私塾

转眼又到了中秋节。俗话说月到中秋分外明，今年的中秋夜万里无云，月亮特别亮而圆。吃过晚饭后，南湾街一群孩童又像往年中秋夜一样，做起了赶貉狸的游戏。貉狸是一种形似狐狸的小动物，日伏夜出，专门趁夜深人静时潜入鸡埘偷吃鸡鸭。传说中秋夜要是谁家的鸡鸭被貉狸叼走了，谁家就得背时。所以这天的晚上，每个屋场的小孩儿除守住自家鸡埘不让貉狸入侵外，就是合伙到屋前屋后吆喝，把貉狸赶往别处。

壬甲匆匆吃过晚饭，拉着璇魁躲到一旁悄悄说："我们也赶貉狸去。"正在吃饭的宗人听到了，碗一丢，嚷嚷道："三哥，我也要去。"壬甲道："晚上路不好走，你还小，莫摔了跤，在家守着鸡埘鹅埘，莫让貉狸叼走鸡鹅了啊！"

"不，我也要去赶貉狸嘛！"宗人噘着嘴，不高兴地嚷嚷着。

这时，贺氏走过来叮嘱壬甲道："宗人要去，你就好好带着他，别让他摔跤了，听到没？"壬甲见母亲开了口，再不好推托，只得点了点头。

一行三人欢快地出了大门，来到禾场，禾场里已聚集了不少的少年儿童。大家见壬甲他们来了，便聚到一块儿排着横队向对面垅里赶过去。一边走一边亮开嗓子，"嗬哟嗬哟"地大声驱赶着。

　　此时，对面横过冲那边也传来了"嗬哟嗬哟"的吆喝声。

　　壬甲说："横过冲那边把貉狸赶过来了，我们去把它们赶回去。"于是指挥大家双手往前不停地摇动，向对面的山头"嗬哟嗬哟"地驱赶。

　　宗人拉住壬甲的胳膊说："三哥，这样不好，我们把貉狸赶到山里去，不要赶到横过冲嘛！"

　　壬甲站住对宗人道："横过冲的人把貉狸赶到南湾来，我们把它赶回去，有什么不好的。"说罢，硬拉着宗人往前走。

　　宗人却站着不愿走了，嘀咕道："这样赶来赶去的，还不是会把鸡吃了呀！把貉狸赶到大山里去，就不会吃鸡了！"

　　壬甲哭笑不得，说道："把貉狸赶到横过冲吃莠魁家的鸡，谁叫他害人，晓得不。"说着又指挥大家继续往前赶。宗人说："听爹说，横过冲不止住着莠魁一家人，还有别的人家。要是貉狸吃了别人家的鸡，怎么办？"壬甲摇头道："管那多做什么，你呀，真拿你没办法，好吧，就听你的。"接着便对大家说："把貉狸赶到南边的山里去。"说罢，一行人调转了方向，往南边的罗家山赶了去。

　　回到家，壬甲向父亲说起这事，国理夸赞道："宗人做得对，做人就该这样，大处着想，是非分明，才是君子之道也。"

　　1910年春节过后，国理对贺氏道："宗人已经八岁了，不宜再让他守在家里，得送他去上学了！"

贺氏道："宗人这奶崽喜欢读书，天资聪慧，这几年把《三字经》背得滚瓜烂熟，唐诗宋词也学会了不少。只是他的个性有些犟，又很少说话，只怕一般的先生是教不了他的。"

"是啊！"国理点头道，"早几天我与潘先生提起过这事，潘先生推荐宗人到包老坳蓝先生的私塾去读书。蓝先生是个秀才，人品和学问都不错，对学生要求极严。宗潘与蓝先生曾同堂读过书，私交甚厚。我看让宗人去包老坳上学，也放心。现在离开学还有一个月，上学要留辫子的，你先帮宗人把辫子蓄起来，免得他到时不习惯。"

贺氏点头道："这个我晓得。只是……"

"只是什么？"国理盯着贺氏问。

贺氏听说那教书先生是包老坳的蓝先生，立刻想到那个五十有余、戴着一副老花眼镜的憨厚老头，说道："那先生看起来还行，只是宗人还年幼，包老坳离南湾又山高路远的，宗人初次离家，我们终究有些不放心。我看就让壬甲一起到包老坳去上学吧，他毕竟比宗人大四岁，也好让他照顾一下宗人。"

"也好，就这样吧！"国理很是赞同妻子的想法。家里每有什么大事，国理都要事先与妻子商量，在取得支持与认同后，再付诸实施。每次国理提出什么事，贺氏在表示赞同的同时，总能提出他事先没有想到的一些细节问题。仅这一点，令国理十分欣慰。

包老坳坐落在衡攸交界一个四面怀山的山旮旯里，离南湾相隔几座山峦。虽然包老坳坐落在与世隔绝的山坳里，通向外界只有一条山林小路，但因光绪年间曾出过几位秀才，故而闻名乡野。

从南湾往东穿过几道山梁后，山坎下一栋青砖瓦房，便是包老坳大屋，也是一个秀才的居所。秀才颇有家产，为了广结善缘，把东头的几间房子挪出来，出资开办了一所私塾，并聘请蓝先生来学堂授课。十多年来，私塾里也出了几个有名望的学生，先后考取了晚清的秀才。私塾正厅的墙壁上，悬挂一块镶金的牌匾，上书"大成至圣先师孔丘之位"十个楷体大字。靠墙的香案上放着香炉烛座之类的祭器。最醒目的还是那块竹戒尺，约两尺长、三指宽，摆在香案的正中，戒尺黄中带黑，发出幽幽寒光。屋子中央横向摆放着几排两尺余高的课桌，下面是一溜木板凳。上课时，学生坐于板凳上，面向孔子牌位，仰面听着先生授课。蓝先生对学生很严厉，要是发现哪个学生不专心听课，他便脸一板，从香案上取下戒尺，严令学生伸出手掌，一顿"啪啪啪"，直到把学生的手掌打得红肿了才罢休。尽管遭他打过的学生有许多，但学生的家长们都相信，严师出高徒，学生不听话，该打时就得打。没有谁会因为蓝先生打了自己的儿子，说不该打，找先生的麻烦。

开学的这天早上，国理刚想带宗人和壬甲去包老坳私塾，突然有个本族人找上门，向国理哭诉儿子的不孝，国理只得坐下来耐心劝解，并答应改天上门替他教训儿子才算了事。这样一耽搁，已经过去了一个时辰。国理仍然提了一些点心，带着壬甲与宗人来到包老坳私塾。刚要跨进私塾大门，发现学堂已开始上课，国理便在大门口停留了一会儿。厅内蓝先生正捧着书本，摇头晃脑一字一句教学生念《三字经》。才念了几句，发现音声不亮，学生们齐齐别过头向门外张望。蓝先生见了有些怒火，刚想发火，猛然发现国理等三人正站在大门口，便笑着把国理请到了里间的一间休息室。

落座之后，国理说道："我今天把犬子壬甲与宗人都带来了，还请蓝先生替我严加管教。"接着对身旁的壬甲道："去把宗人叫过来。"

宗人刚才进大门时，看到蓝先生教书时的那副古板模样，又是初见学堂的桌椅，颇感新奇，便这里看看那里摸摸，还拿起同学桌上的课本《三字经》翻了翻。此刻闻父亲打发三哥来叫他进去，这才来到了里间。国理把宗人和壬甲分别拉到蓝先生跟前介绍道："这是我三儿壬甲，这个是我五儿宗人，先让他们拜见先生了。"说罢，国理令他们下跪，蓝先生忙说："这使不得，还是到正厅拜先师孔圣人吧！"国理当然知道这些礼节，便说："好，先拜孔圣人吧！"

说完，一行人来到刚才上课的正厅前，蓝先生叫学生挪出几条板凳，地下放着两块稻草莆丁，香案上又点起了两支蜡烛，让壬甲与宗人跪在莆丁上，向孔子的牌位恭恭敬敬磕了三个响头。在国理的招呼下，两人又向蓝先生磕了三个头。拜师礼结束后，国理先是交给蓝先生几块银圆的学费，又从布包里取出猪肉、糕点等食品递给蓝先生道："恕国理寒碜，区区薄礼略表心意。两犬子就交给先生了，请蓝先生严加教导，他日学有所成，容国理日后答谢！""好说，好说！"蓝先生接过食品，连连躬身作揖道。

就这样，宗人踏上了求学之路。

也就在这一年，寄居国理家达八年之久的云妹，由国理做主嫁给了攸县的一个教书先生。国理的小女儿翠娥也在这一年出生了。至此，国理夫妇已生有六儿两女，加上母亲还有柏弟媳妇，是个十二口人的庞大家庭了。

崭露头角

包老坳私塾的蓝先生虽然为人正直，却古板严厉，对学生要求极严，稍有不满意，轻则扯耳朵，重则取下戒尺打手心。

私塾分高、低两个年级，每班有十几名学生。按照当时的启蒙教材，低年级主要是我国古代通行的蒙卷教本"三、百、千、千"，即《三字经》《百家姓》《千家诗》《千字文》，以及《幼学》《教儿经》《童蒙须知》，等等。高年级便是四书五经和《古文观止》等。其教学内容以识字习字为主，同时还教习写诗作对。初学时，蓝先生以《三字经》作为开课的启蒙教材，他教一句，学生念一句，教了几遍后，便要求学生站起来复述。若是复述不出来，学生便自己伸出手掌，老老实实让先生打。若打得重了，手掌肿起来握不了笔，作业完不成，还是要继续挨打。再怎样打，学生家长知道了也不会说不能打，相反还会说先生打轻了。他仗着有些名气，手下的学生很多，远近的家长们都愿意把孩子送到他的私塾。

宗人到包老坳私塾的第二天，便在二十多名同学中扬了名。因私塾地方偏僻，大部分学生都寄宿在学校，几乎是与蓝先生吃住在一块。这天中午下课后，私塾的厨师已做好了饭菜，要学生们坐在课桌前，每人前面放一只碗，然后端着饭菜钵给每人碗里盛了些饭菜。蓝先生也坐在讲台上，吃着同样的饭菜。宗人素来吃饭快，三两下就吃完了。吃完后他起身逐一转悠，发现不少已经吃完饭的碗里剩下不少饭菜，又转到蓝先生讲台前看了一下，蓝先生的饭碗边也沾有几粒饭没吃干净。宗人眉头一皱说："先生，你会背诵李绅的《悯农》吗？"蓝先生吃完饭，正要起身回房歇息，见宗人突然冒出这话，不解其意，说道："什么《悯农》，你吃完了就在课桌上好好自习。"宗人不等先生再说，就大声摇头晃脑背诵了起来："锄禾日当午，汗滴禾下土。谁知盘中餐，粒粒皆辛苦。"蓝先生一听，有些诧异，站住问："背得不错，你晓得这首诗是什么意思吗？"宗人说："就是讲，粮食是农民辛辛苦苦用汗水种出来的，一粒粮食一粒汗，不可浪费。"蓝先生点头道："说得不错，那么你能写出来吗？"宗人说"能"，便坐在桌前拿过毛笔"嚓嚓嚓"，没一会儿就把全诗写出来了，且字迹刚正，略带稚气。蓝先生接过凑到眼前一看，大惊道："一字不差，一字不差。小小年纪，能写出如此之字来，确实不凡也。"未等蓝先生回过神来，宗人又说："先生，你的饭碗里……"蓝先生怔怔地盯着宗人问："我饭碗里怎么啦？"宗人说："还有饭没吃干净哩。"蓝先生重新回到讲台前，拿起饭碗凑到眼镜前一看，脸一红，忙把沾在饭碗边上的几粒饭舔完了，又转身对学生们道："同学们以后吃饭时，要把饭碗里的饭都吃完，不可浪费粮食。今后要是发现谁饭碗里有饭，唯戒尺是问。"蓝先生走后，同学们围了上来纷纷问："宗人，你真行，才上学，不但会背诗，还能写出来，连先生都表扬你了哩。"宗人笑了笑，没作声。

宗人天资聪颖，还在四岁时，已背得不少唐诗宋词。五岁时，便能把《三字经》背得滚瓜烂熟。这天上课时，听先生反复在教《三字经》，他觉得有些枯燥乏味，便低头在桌子下面折叠纸片。正叠得津津有味时，蓝先生大喝道："宗人，你给我站起来。"宗人吓了一跳，知道被先生发现了，只得悻悻然站了起来。蓝先生怒道："把右手拳头打开。"宗人把握着纸片的手掌摊开后，纸片落到了地下。这时，蓝先生拾起纸片看了一眼，从香案上取下戒尺，令宗人摊开手掌，竹戒尺"啪啪啪"一阵响，重重落到了他的掌心上。尽管手掌被打得钻心疼痛，宗人始终没叫出声来。这一次，宗人的手掌被打得肿起老大。打完手掌后，蓝先生说："别以为你能背诵些诗句就不用学习了，要知道学无止境。《三字经》意义深远，内容精湛，乃做人之根本，不但要会读，还要懂得如何去做，知道吗？"

多年后，宗人回忆起这件事时，仍时常以此例勉励子女和身边的工作人员，说现在上学虽然没有戒尺打人了，但要是不好好学习，时代的戒尺会惩罚人的，要好好珍惜来之不易的学习机会。

结识好友黑牯

这年的下半年，随着时局的动荡，已经平息了好几年的匪患又活动了起来，甚至比前几年更加猖獗了，打家劫舍的事情时有发生。因为土匪势力大，肖、罗两族成立起来的民团也是鞭长莫及，顾了东头顾不了西头，国理为此整日忧心忡忡。

春节前，宗人从包老坳私塾放假回到了南湾。他进门就说：

"爹，我有个叫黑牯的同学是罗家垅的，早两天晚上他家被土匪抢光了，他爹还被土匪打成重伤。爹，快要过年了，他家可怎么办啊！"宗人说的罗家垅那个遭遇匪劫的人家，国理昨天已经听说了，叫白毛。家中被抢劫一空，国理虽是同情，碰上这年头，却也是毫无办法。这时，宗人又说："爹，我们去他家看一下吧。"国理听宗人这一说，很是高兴，心想宗人懂事了。笑笑道："好啊！还有十多天就要过年了，要去，就得带点什么去，叫上你二哥一块儿，从家里仓库拿点粮食挑去，我去拿些跌打损伤的草药带去。"柏弟说："爹，我们家粮食也不够吃了啊。"国理沉声道："我们家缺粮，还有个铺子。他们家被抢得什么都没有了，我们还是挤点粮食出来吧。"

就这样，国理和宗人、晏清一行三人来到了罗家垅白毛家。白毛正名叫夏生，因从小头上长出了不少白头发，故被人喊作白毛。白毛五十来岁，生有一儿两女，妻子在生黑牯的小妹时难产死了。一家四口人住在三间茅屋里，靠租种罗西木三石谷田维持一家人的生活。白毛家世代无人识得一个字，为了让唯一的儿子黑牯认识几个字，为祖上争光，白毛借了十吊铜钱送黑牯到包老坳上私塾。没想到，年关时遭遇土匪抢劫，家中被洗劫一空，粮食颗粒无存。正在万般无奈之时，见国理一家三人赶来看他，还送来了粮食和草药，感动得哭了起来。他极力从床上爬起来，被国理按住道："你别起来，让我看看伤到了哪里。"白毛搂起上衣皱眉道："胸部有些痛，被那可恶的土匪用脚踢的。"国理用手按了按他的胸部，上面已是青一块红一块，问："这里痛吗？"白毛点头说："有一点。"

国理"嗯"了一声说："我带了三服疗伤的草药来，一会儿让侄女煎了服下。"白毛一听，自是感激不尽。

外间火炉屋里，黑牯妹正在招呼晏清喝茶。她把晏清挑来的半箩筐谷子倒入自家的箩筐里，连声道："你们真是我家的恩人啊，要不然，这年没法过了不说，全家四张嘴巴，不饿死也会被气死。"这时国理已从里屋走了出来，说："别这样，要想开些，到时要是实在没得吃了，到南湾来找我，我出面帮你们借点粮食，度过这饥荒。"黑牯妹虽只有十一岁，却是很懂事。她听国理这样说，感激得要向国理下跪，被晏清一把拉住。国理道："快别这样了。你好好照顾你爹，要他按时把药吃了。我想，休息几天，没大碍的。"说完问晏清："宗人呢？"晏清说："他与黑牯到外面玩去了。"

屋外面的坪里，黑牯正立在屋的一角，一副愁眉不展的模样。宗人问："你怎么啦？"他起初不答，宗人再三追问，黑牯才说："明年我读不成书了。"宗人忙问："为什么读不成书了呀？"他说："我爹说，家里遭了匪，连饭都没得吃了，哪还有钱去读书，要我帮爹种地。"宗人一听，从口袋里摸出两个铜钱递给黑牯道："这是我奶奶给我的零花钱，一直没舍得花，你拿去家里用吧。"黑牯不愿接宗人的钱，宗人不高兴道："接了吧，你家过年要用钱的。"便把钱硬塞到黑牯的衣袋里，这才说："学费的事，我去与我爹说说，叫他和先生说一声，先欠着，再慢慢想办法还。开学时我来叫你一块儿去包老坳私塾。"宗人说这话时，国理已经来到他背后，接口道："宗人说得没错，书还是要读的，学费的事到时候再说吧。"

第二年的开春，黑牯在国理的帮助下，继续到包老坳私塾上学了，一直读完了三年的初级班。后来宗人回到家乡举办农民协会，黑牯为农会做了不少有益的事情，成为农会的一名骨干成员。

第七章

小小年纪，疾恶如仇

剪　辫

时间已到了 1911 年。

这一年，全国各地推翻清王朝的浪潮如火如荼。10 月 10 日，武汉新军发动了举世瞩目的武昌起义，并取得了胜利。这一年是辛亥年，历史上称之为"辛亥革命"。接着湖南等各省纷纷响应，不久在南京召开临时会议，推选孙中山先生为临时大总统，纪年改用公元纪年，废除宣统年号，"中华民国"成立。

这些天来，南湾街鞭炮声声，热闹非凡。人们奔走相告，统治中国二百六十八年的清王朝垮台了。人们都认为，改朝换代必会国泰民安，百姓会有好日子过了。于是兴奋之余，男人们纷纷剪掉垂在脑后的那条长辫子。年轻的，留平头；年老的，干脆齐根断掉，剃起了光头。头上突然间没有了那根摆来摆去的辫子，人们顿时觉得神清气爽起来，浑身轻松了许多。男人们剪辫子，胆大的女人们也开始叫嚷着要放脚。女人裹脚由来已久，是几千年来封建社会对女人的人身束缚。说得严重点，叫作人身摧残。比方说，好好的一双脚，从三四岁开始，用十几层白布条紧紧捆绑起来，白天晚上不松绑，为的是不让脚板长大。被裹了脚的女孩子双脚落不了地，整天坐在家中疼痛得喊爹叫娘。女儿再哭再闹，父母亲丝毫不为所动。一直绑到成年后脚不再长了，才能把白布条松开。那时候看一个女人是否漂亮，不是看脸庞是否端庄、腰身是否苗条，而是看脚板的大与小。脚板越小越被视为美丽，所以自古就有三寸金莲之"美誉"。要是不裹脚或裹得不够好，脚板大了，即便是脸部再漂亮、身段再苗条，也会被男人嫌弃，说是睡在床上两只脚板像两块竖起的碑基，难看死了。男人相亲，一般都会先打听女方的脚大不大，要是知道女人脚板大，男人会立即摇头拒绝这门亲事。一旦女子脚大的名声在外，会因此嫁不出去。被裹了脚的女人，肩不能挑，手不能提，小姑娘像老太婆一般，走路摇摇晃晃，走几步歇一步，走不了远路也下不了地，只能在家里绣绣花、烧茶煮饭、洗衣浆衫什么的。当然也有不裹脚的，一般都是些穷人家的女孩子。比如说罗黄苟的女儿云英，黄苟身体历来不好，干不了重体力活，妻子又早逝，全靠云英砍柴种地撑起这个家，从小就没有裹过脚。成生不嫌弃她的脚大，因为成生也是个穷苦人，穷人要靠劳动养活自己。

宗人自从到包老坳上私塾开始，母亲就为他蓄起了一根小发辫。他不知道男人们头上为什么要拖着根发辫，不但没好处，辫子在脑后甩来甩去反而碍事。他问过父亲，父亲说这是大清朝的规定，凡是大清臣民，都要留辫子。没有辫子会被视为叛逆，要坐牢的。那时候，宗人见大家都这么留着，虽不情愿，也没办法。如今听说清朝垮了台，进入了"中华民国"。知道这个消息时，宗人正在包老坳私塾上学，他是偶然间听私塾隔壁的一个老人说的。这天上课时，他对讲台上正在上课的蓝先生说："先生，听说如今清朝垮台了，我们脑后的这根尾巴也该剪掉了吧。"蓝先生瞪着宗人，看了一会儿说："你是听谁瞎讲的，我可没听说过啊。"宗人说："是隔壁的董爷爷讲的，还说如今各地的男人都掉剪了辫子哩。"蓝先生不高兴道："别听他乱说。我们脑后的这条辫子从祖上开始，蓄了那么多年。没了辫子，多难看啊，怎么能说剪就剪掉嘛。"说完又继续讲课。下课后，宗人扯着自己头上的辫子对黑牯说："先生不让剪辫子，我们自己来剪。"黑牯有些顾虑说："让先生看到了，又会打我们手板的。"宗人笑道："他不敢，真要打我们的手板，我们就请那董爷爷来与他当面讲理。"黑牯说："只不晓得那董爷爷的话是真的不。"宗人说："董爷爷也是个穷人，看他说话的口气，不像是扯谎。"黑牯听宗人这么一说，胆气有些壮了，又说："没剪刀怎么剪啊？"宗人不由分说，拉着黑牯来到了隔壁的董爷爷家，第一个让他把自己和黑牯的辫子剪掉了。宗人回到学堂时，同学们看着他们俩没了辫子的脑袋，也嚷嚷着要去剪辫子。蓝先生摇了摇头，长叹一声，气得没能说出话来。

这年的春节前，宗人回到了南湾。他看到父亲在杂货铺张罗生意，等没有顾客上门时，他搬过来一条小板凳坐到父亲身边问："爹，清朝垮台了，如今的大总统也坐金銮殿吗？"国理听宗人问到这些，摇头道："听说不坐了呢。早些日子我去县里参加议会，县长说如今主张民族、民权、民生的'三民主义'，还通令平均地权，看来这个大总统要比皇帝好多了！"宗人刚要再问，这时两岁的小妹翠娥跑了进来，用手拍了一下宗人，又来到父亲身后踮脚用手摸父亲的后脑说："爹，你脑壳上没有那根尾巴好看多了。"这时恰好被进门的贺氏发现了，忙过来拉开翠娥的手呵斥道："没大没小，爹的头也能随便摸吗？"那时候有这么个风俗，男人的头是不能让人随便动的，特别是女人不能动男人的头。翠娥经母亲这一呵斥，哭了起来，被贺氏拉走了。

望着小妹哭着离去的背影，宗人想了想又说："爹，女人为什么要裹脚哇？"国理沉默了一会儿："这个是祖上传下来的规矩，是女人就要裹脚的。"宗人不解地问："一双好好的脚为什么要裹成那个样子？奶奶、娘，还有姐姐、嫂嫂她们，脚被裹得那么小，走路都费力，多不方便啊！"国理白了宗人一眼："细人晓得什么，你去温习功课吧。这些是大人们的事，你好好读你的书就行了。"宗人见父亲有些不高兴了，噘着嘴起身嘀咕道："我是不会让小妹裹脚的。"

当时，虽然有不少女人也反对裹脚，但在几千年根深蒂固的封建势力顽疾面前，女人们失去了自由的权利，裹脚之风仍然十分盛行。

赤子之心

这年的上半年，国理十八岁的长女翠英嫁到了桐塘的胡家。下半年，十七岁的晏清娶回了一个媳妇，女方是金觉峰下一户谢姓人家的女儿。至此，国理肩负着十三口之家生活的重担了。

国理一家经历了那场冤枉官司后，家庭经济受到重创。经过这几年全家人的辛勤劳动，生活状况又渐渐好转了起来，并还清了所欠的债务。曾一度冷落的门庭又热闹了起来。柏弟经过这些年的磨砺，武功大有长进，施展起拳脚来，几个人近不得身，还学会了医治跌打损伤的医术。晏清勤劳俭勉，持家有方，除了协助父亲经营杂货铺外，又在街头租赁了一间铺面开起了一家染铺，生意十分红火。第二年的四月，晏清生下了长子敬贤；十月，柏弟又生下了女儿桂英。国理一年之中喜添孙儿孙女，自是大喜过望。已近七十岁的董氏更是笑得合不拢嘴。国理看母亲这样高兴，便与贺氏商量道："十二月的十二日是娘的七十大寿，娘六十寿庆时，是与宗人周岁一起办的，我想这次单独为她祝个寿。"贺氏点头道："我也有这个想法，娘六十岁生日是婆孙合办，也是没办法的办法。人到七十古来稀，娘为这个家操碎了心，这次不能再委屈她老人家了。"国理说："宗人这个月的二十七满十周岁了，也得请几桌客庆贺一下！"贺氏笑道："家里经济还不厚实，搞两桌，就家里面的人吃顿饭吧！"国理点头赞成。

农历十月二十七日是宗人的十周岁生日，这天，除了全家人外，宗人的外公、外婆和舅舅都来了。他舅舅还带来了一只大母鸡，提着的竹篮里有鸡蛋、红枣和给宗人做衣服的几尺棉布。宗人看到舅舅贺成来了，特别高兴。未等舅舅进门，就从竹篮里抓起一把红枣装入自己的口袋。当宗人还要拿鸡蛋时，贺成说："鸡蛋没煮熟，不能生吃的。"宗人可不管生的还是熟的，抓起两个鸡蛋就走了。贺成没法，只是笑了笑，望着宗人找别的小孩子玩去了。

宗人等舅舅进门后，直奔水生家，将红枣和鸡蛋都给了水生，说："你爹有病，拿着给他吃吧。"刚才宗人从舅舅篮子里拿红枣和鸡蛋的一幕恰好让水生看到了，水生推让着不收，说："这是你舅舅给你做生日的东西，是给你吃的，我不能要。要是让你娘晓得了，可就不好了。"宗人说："晓得了也不碍事，就当是我吃了。"水生还是不愿收，说："那也不行的，我不能要。"宗人见水生执意不收，便说："不收就算了，我吃。"说着，来到水生家的灶屋，从橱柜里找出一只碗，把两只鸡蛋打破放入碗内。水生赶过来时，他已溜出了门。

晚上，国理要晏清在街头放了一挂长长的鞭炮后，饭菜便已摆上了桌。大家都在等柏弟，柏弟一早就被人叫到草市去为人治病了，说好晚饭前赶回家。

柏弟擅长医治跌打损伤，谁家有个伤筋断骨的，只要他一到，施展接骨疗伤的绝活，再开个医方，保准即日康复。所以，请他治病的人不少，除了农忙时节耕地播种收割外，他大多数时间都在外面奔波。这天一早，柏弟应邀去草市为一个骨折病人治伤。看完病后，已是下午了。草市离南湾有四十里的山路，他想到晚上是宗人的生日，出门时说好了要赶回家吃饭，就谢绝了主家的挽留，急急往家赶。此时已是月末，没有了月亮，又下着毛毛细雨，他沿着原路一路疾行，脚步呼呼生风。

已是掌灯时分，一家人久等柏弟不见回家，有些着急了。这年头匪患不断，都在担心柏弟会有什么闪失。晏清说："爹，要不我去路上看看。"宗人也说："我和二哥一起去。"国理想了想，对晏清说:"好吧,好好带着宗人,莫走远了。"晏清与宗人提着马灯出了门。出得街口,一阵北风袭来,两人不由打了个冷战。晏清只好牵着宗人的手,摸黑向南边的大路走去。路过前面不远的一片稠密林子时,从树林里传出一阵响动,并传来窃窃私语声。晏清有些好奇,拉着宗人轻轻靠过去蹲在树下凝神静听,只听一人说:"这穷年头,干我们这行的都没生意了,走了几户什么也没捞到。听人说南湾街的国理家今天在做生日,还来了客人,家中又有个杂货铺,想必有些油水。"另一人说:"唉,这几天真是倒霉。既然有了顾主,那我们也去他家做回'客人'吧,要不就要饿死了。"先前那人说:"嗯,现在还早,我们先在这里候着,子时动手,到那时人都睡了才好动手。"听到这里,晏清知是小偷打算偷他家的财物,一股怒气油然而生。他要宗人在原地莫动,自己一个箭步冲进树林,对蜷缩在树林中的窃贼大喝道:"好你个毛贼,竟敢要偷我家东西,吃了豹子胆了。"两个窃贼被这突如其来的喝叫声吓破了胆,蜷缩在地上连呼饶命。这时宗人也来到了树林里,他看了看两贼,问道:"你们是哪儿的,为何要做贼偷人家的东西?"两贼闭口不语。晏清说:"别与他说了,带到南湾去问。"说罢像拎小鸡一样,一手一个,把两个小偷抓回了南湾。随后,柏弟也回到了家里。

国理听说晏清和宗人抓了小偷回来,经过一番细问,原来两个小偷都是攸县人,家中很穷,没了办法,才以偷盗为生。柏弟一听说这贼想偷他家的东西,怒不可遏,举起拳头就要揍他们,宗人拦住柏弟道:"大哥,他们做贼虽然说是不对,可也是穷人,教训几句就放了他们吧。"国理想想也是，便劝柏弟别打他们了，跟着又拿言语教训了俩小偷一顿，并责成他们写下一纸保证书，保证不再偷盗，若发现再行偷窃之举，便行重责。国理令俩小偷在保证书上按了手印后，就放他们走了。

初识武术，大开眼界

宗人的祖母董氏七十岁寿庆这天，亲戚、邻居都来了。在祖堂举行过拜寿仪式后，便是入席。肖宗潘看到宗人牵着奶奶的手准备起身，便笑着上前对宗人道："宗人，在包老坳上学还习惯吗？"宗人很喜欢这个既温和又谦恭的表伯，便说："习惯，只是先生教的东西太陈旧，太没有味了。"肖宗潘笑笑说："不是先生教的没味，是先生那些老古董，已经教不了你啦！因为你现在已经比先生懂得多了。"宗人听他一夸，有些不好意思地笑了。董氏轻拍宗人的屁股道："没个尊卑，不能这样说先生。"接着对肖宗潘道："我这个孙子啊，名堂是多点，老惹先生生气，先生告他的状，已经有好几次告到他爹这来了。"肖宗潘笑了笑说："这些我听说了，《三字经》和《幼学琼林》什么的，宗人只怕早就倒背如流了。天天教这些，他哪能安心听课啊。"

正当她们说着话时，从大门外闯进一个凶神恶煞、满脸络腮胡子的中年人。董氏身旁的宗人一见，紧紧护住奶奶，瞪着络腮胡子问："你是谁？你想做什么？"董氏一见，知来者不善，重新坐了下来，把宗人揽到怀里说："宗人别怕。"又对络腮胡子说："请问这位好汉是……"

络腮胡子笑了笑，也不说话，对着董氏单膝跪地抱拳道："在下拜过老寿星了，祝老寿星福如东海、寿比南山。"

刚拜毕，国理闻讯赶了过来。络腮胡子打量了国理一眼，抱拳道："想必这位就是罗国理族长大人吧！"

刚刚宾客拜过寿后，国理正在外面招呼客人入席，突然看到络腮胡子闯进了祖堂，便赶忙跟了进门。一看对方的模样装束，是个习武之人，也知道是成心闹事的找上门来了。今天是老母亲生日，他不想节外生枝，正要上前寻根由，见对方主动与自己打起了招呼，便笑笑抱拳道："我就是罗国理，请问好汉是哪里的贵客？既已来到寒舍，向我老娘祝寿，我等感激不尽。若不嫌弃，请一同入席如何？"说罢做了个"请"的姿势。就在这时，柏弟听说有人找上门闹事来了，拳头握出了水，冲进厅堂大声喝道："是何人如此大胆，敢来搅闹我奶奶的寿堂？"

络腮胡子冷冷一笑，朝柏弟抱拳道："哈哈，没胆儿也闯不了龙王殿，欣闻老大娘七十大寿，在下特来拜寿，顺便也来会会老弟。老弟你别来无恙啊？"

柏弟盯着来人看了好一会儿，这才恍悟道："原来是你？"柏弟想起来了，去年夏天的一个傍晚，他去衡山途经潭泊时，口渴难忍便去河里饮水，偶遇一少女欲投河自尽。柏弟上前拉住了她，问其原委。少女看柏弟为人和善，便向他断断续续说起近几天家中发生的一件事。原来，少女所属五口之家租种了财主的两亩地，可母亲突然一病不起，为了医治母亲的病，父亲把收割的稻谷全卖了。这样一来，租谷自是无法交齐了。父亲向财主求情，说明年收了稻子再补交，财主可不管这些，对他父亲说，要么即刻交齐租子，要么把他女儿嫁给财主为妾。少女自是不同意，财主一听，叫人把她家的门封了，说是她爹亲自把她送到财主家后才准开启封条。少女气得没了办法，只想一死了之，于是选择了投河自尽。柏弟听说有这种事，立时怒火中烧。他孤身一人来到财主家，和财主家的打手络腮胡大打一场，将络腮胡打败后警告财主不许再去骚扰那位少女，之后扬长而去。

想不到事隔一年多了，这络腮胡竟然找上门来了。柏弟知道他是来寻事的，便说："去年一事，我是路见不平拔刀相助。你今天既已找上门来了，打算怎么着，你说吧。"络腮胡抱拳一笑道："少侠武功高强，本人功夫不精，去年输给了你。本人想再与少侠切磋一番，如何？""好吧。"柏弟二话不说，大步朝门外走去。两人来到禾场上，柏弟抱拳对络腮胡说："主人让客，大侠请。"

此时，满堂宾客听说柏弟与络腮胡比武，入了席的，纷纷离座涌向禾场看热闹，两百多男男女女，形成了一个圆圈，把两人围在了当中。

立在一旁的宗人担心伤着人，有些急了。他还是第一次看到这场面，于是来到柏弟跟前，叫道："大哥，还是别比了，客人都在等着吃饭哩，叫那胡子叔叔一块吃饭吧！"柏弟看了宗人一眼，安慰道："宗人别担心，大哥有好些天没有活动筋骨了，今天借机活动活动，你去旁边看大哥的本事吧。"说罢把宗人推到人群里，对络腮胡高声道："大侠是客人，请先划个道儿，如何个切磋法？"

络腮胡想了想，想想自己最拿手的是一身力气，早阵子去拜师学艺时，师傅也说他最擅长的是以千钧之力克制对方。于是说："今天是你奶奶七十大寿，比武伤了人可不是好事，来个文比怎么样？"

柏弟冷冷一笑："文比是怎么个比法，你说吧。"

络腮胡朝四周看了看，透过人群发现威伯公祠大堂上有一座碾米的碾子，又粗又圆、上下两层，足有三百斤。他想：对方小小年纪，再怎样也不会有如此臂力吧。笑道："就练练臂力，举那碾子如何？"未等柏弟说话，宗人一听说是举碾子，举着小手大叫着："好，好！"柏弟朝宗人点头笑了笑，没说话。这时壬甲来到了宗人身边，把宗人举起的手往下一扒，低声说："好什么，你没看到那络腮胡的身坯，大哥能是他的对手？"

正在壬甲与宗人说着话时，络腮胡已健步走向威伯公祠，围着碾子转了一圈，便往下一蹲，随着"起"的一声，碾子已被他双手缓缓举过头顶，慢慢走向禾场，绕了三圈，又举着碾子慢慢走回大堂，顺势往下一蹲，把碾子稳稳放回了原地。这才擦了把汗，向人群抱拳道："献丑了。"

这一切只在几分钟内完成，人群中发出了阵阵惊呼声。之后，大家无不为柏弟捏把汗。论身材，柏弟没他结实。论年纪，柏弟也没他大。要是柏弟输给了络腮胡，那么今天的寿庆将会大煞风景。想到这，大家把眼光齐齐投向了柏弟，也有人开始在为柏弟担心。壬甲对宗人说："你还叫好，大哥要是输了如何收场？"宗人笑笑说："输就输了呗，总比打架伤了人要好。"

这时，只见柏弟不慌不忙，他将一条长棉帕往腰上一系，大步走向祠堂内，就像小孩子玩儿一般，蹲下身子两手抓住碾子的两个长腿，呼的一下，碾子已蹿起来到了他头顶。他举着碾子来到了禾场，神清气定绕人群走了三圈，然后再走回定公祠。快到大门口时，他停留了片刻，当人群正在为他捏把汗时，只见他双手把碾子往下一摔，未待碾子落地，伸出右脚一踢，碾子被踢进祠堂大堂内，稳稳地落在了原地，丝毫不差。

哇！这一气呵成之神力，令围观的人群全都惊呆了！大家纷纷拍起了手掌。南湾街不少练功的人都看到了，论蛮力气，两人相差无几。若是论碾子着地的精确度，柏弟远胜于络腮胡。此时，宗人走上前对柏弟说："大哥你力气真大。"柏弟笑笑说："才晓得大哥力气大吧，想学功夫吗？"宗人笑道："想。"柏弟拍了拍宗人的肩头笑道："想学我就当你的师傅，只是到时莫哭鼻子就行。"

此时，退在一旁的络腮胡子神情颓丧极了，他没想到一个青皮后生会有如此大的功力，自己竟然输给了他。顿时脸上红一阵、白一阵，只觉气血往上涌。趁人们都围向柏弟时，他悄无声息地离开了南湾。

一直绷着脸的国理看到柏弟赢了，也露出了满意的笑容，忙大声招呼宾客入席。当回过头来找络腮胡入席时，已没了络腮胡的踪影。柏弟对父亲道："爹，这人是个孬种，助纣为虐，欺软怕硬，只怕此时早已溜了。"

人群中爆发出一阵哄笑声。

这天晚上，宗人对国理说："爹，我也想学习武功。"国理望着宗人笑了笑："想学武功好啊！这样吧，等新房子建好了，我专门腾出一间屋作为你们兄弟的练功房，预备几样练习基本功的器械，到时你们几兄弟每天早晚练习一遍。基本功练好了，再要你大哥教习你的拳脚功夫也不迟。"宗人点头说好。

辍学在家，束身自修

宗人在包老坳读完私塾后又回到了南湾。按当时的教学体制，私塾属启蒙阶段，相当于现在的小学。上完私塾后要继续读书的话，就得进入小学高年级就读。然而当时南湾周边只有私塾，还没有一所小学，更别说是小学高年级了。去衡山县城读书，路途遥远，国理夫妇放心不下，于是国理只得每晚辅导宗人的功课。每天温习功课之余，宗人喜欢帮助家里干点零活，更喜欢放牛。国理家养了一头大水牛，农忙时除负责耕耘自家那点地外，谁家若是缺牛犁田，便叫柏弟上门帮忙。遇上穷人家没牛，不收钱，只当是义务帮工。遇上家境宽裕的，也收取一点费用贴补家用。养一头牛，一年犁地的时间前后也就个把月，而大部分时间是要人放养的。每天下午，宗人牵着牛，与其他的小孩子一样，到对面的山坡上放养。起初，水牛欺宗人年幼，舞动着头上弯成半个圆圈的一双犄角，红着一对灯笼眼紧紧盯着他。与水牛待的时间久了，水牛对他便特别温驯。宗人来到它前面，它总是眯着双眼，朝宗人身上闻闻，打着响鼻。有时候，宗人骑上牛背，要么默默地看书，要么大声地朗读唐诗宋词，十分惬意。到了山坡上，他把牛放去吃草，自己盘坐于绿茵茵的草地上，捧着书本，如痴如醉。有一个冬天，他骑在水牛背上看书看得入了迷，水牛把他驮进了水塘里也全然不知。幸亏被人发现后，把他从齐腰深的水中拉了上来，才没被冻伤。又有一个夏日，他爬到水塘边的一棵柳树上，一边乘凉一边看书，水面上吹来的风儿凉丝丝的，他顿感凉爽至极，完全忘记了所在。正捧着书本如醉如痴时，脚下不慎一滑，咕咚一声，连人带书掉到了水塘里。幸好有个大人从塘边路过，发现宗人落水后跳下塘把他抱上了岸。此时的宗人被水呛得满脸通红，咳嗽不止。这两件事被传开后，人们背地里议论说："别看理先生精明能干，却生了个书呆子崽哩。"

已经十二岁的宗人，个子长得和他母亲一样高了。一天，国理对他说："宗人，你如今也不小了，该懂得一些为人处世之道，学习些礼节了。明天是肖玉山的六十大寿，他打发人来请了我们全家，我想带你一块儿去，也好让你历练历练，见识一下大场面。"宗人听父亲说要带他去肖玉山家，心里很不高兴。在他心底，那些个财主都为富不仁，都不是什么好东西，他不想看到那些人。于是噘着嘴巴道："爹，我不想去，我要在家放牛。"国理本是想带宗人去历练历练，见宗人说不肯去，哪能依他，沉下脸说："牛由你四哥去放，你必须跟我去。"

第二天上午，贺氏再三劝说，又帮宗人换了件新衣服，交代了一些注意礼节方面的细节，父子俩便来到了肖家大屋。宗人发现来为肖玉山祝寿的，都是些衣着绫罗绸缎的地方豪绅，心里就已经不高兴了。这些年来，宗人看到和听到欺压穷人不劳而获的人，都是这些穿绫罗绸缎的人，所以心中对他们有一种本能的反感。来到肖家大门口，管家肖龙笑着迎了上来，对国理说："这徕崽是五公子吧，长得如此标致魁梧，真是将门出虎子，难得，难得啊！"国理笑了笑，对宗人说："这是肖管家，你叫肖伯伯。"宗人看了肖龙一眼，头别向了一边。宗人虽没见过肖龙，却早就从大人嘴里听到过肖龙欺男霸女的事，对这样的一个人，以宗人的性格，自是不愿叫他了。肖龙讨了个没趣，只好返身去迎接下一位客人了。国理对宗人说："你呀，一点儿礼貌都不懂，成哑巴了吗？"宗人不想与父亲多解释，解释也解释不清的，只好低着头跟在父亲身后往里走。这时，两人已来到大厅，大厅里的一帮客人都在围着肖玉山道喜。国理拉住宗人欲走过去，恰被肖宗潘发现了。肖宗潘迎了过来，笑道："哟，我表侄也来了，几个月不见，都成大人了。"宗人见了肖宗潘，笑了笑向他鞠了一躬，叫道："伯伯好！"宗潘乐道："看看，我宗人到底是长大了，懂礼貌了。"宗潘这一番话语，引来了大家的注意。不少乡绅见国理来了，纷纷走过来与国理打招呼。国理高兴地向大家介绍着宗人，并要宗人叫这个伯伯、叫那个叔叔。可此时的宗人，似乎没有听到父亲说的话，双眼打量着客厅四周的字画，旁若无人似的。待父亲上前与肖玉山说话去了，宗人走到肖宗潘面前说了句悄悄话，便跨出了大门。国理回头叫宗人，发现宗人出了大门，向肖玉山说了句"犬子不成器"的客套话，也就不去管他，任他出去玩儿。

宗人出了大门，并不是去玩儿，而是直奔对面的罗家垅。他随父亲来过罗家垅几次，路径熟，便径直来到了黑牯家。黑牯正好在屋前的地里挖土，见宗人来了，惊问道："你怎么来了，就你一人吗？"宗人便将与父亲来给肖玉山祝寿的事说与黑牯听了。黑牯道："你还去吗？"宗人摇了摇头："不去了。"黑牯说："等会儿你爹没看到你，会着急的。"宗人笑道："这个你放心，我与潘伯伯说过了。"于是，宗人接过黑牯手中的锄头，要帮他挖土。黑牯却说："土还是让我来挖，你帮我捡掉土里的草，好吗？"宗人点点头，用手指把土壤里的杂草一根根拾起扔掉。劳动间隙，两人不由说起了包老坳蓝先生的一些趣事。一次，有个同学被戒尺打了，心生报复，开饭时趁蓝先生没注意，将一只甲壳虫放到了蓝先生的饭碗里。蓝先生本是高度近视，以为是菜，将甲壳虫吃进口里一嚼，觉得味道不对，吐出来凑到眼前一看，发现是只甲壳虫，气得叫来厨师大骂了一顿。底下的学生见了，掩嘴偷笑成一片。重提这事，两人笑成了一团。宗人止住笑，用双手擦了下眼角，说："其实如今想起来，是不该这样对先生的。"黑牯却笑得越发厉害了，宗人望着他说："莫笑了呀，太阳当顶了，快些挖土吧。"黑牯努力止住笑声，指着宗人的脸说："你看看你，满脸都是泥巴，成了'三花子'了。"宗人这才明白过来，嘿嘿一笑，忙走到小河边，用水洗去脸上的泥垢。

正当宗人洗完脸抬头时，发现肖家大屋传出一阵喧哗声，随即见有一妇人牵着一小孩儿向小河方向走来。黑牯说："看来这两人是被肖家大屋赶走的乞丐。"宗人点点头叹道："肖家那么富有，今天又那么多的客人，难道就不能拿点儿吃的给她们吗？"黑牯摇头道："这些个财主，心都是铁打的，没点儿慈悲心肠。"

正当两人说着话时，突然发现那妇人一下瘫倒在路上了，小女孩儿蹲下身使劲儿地摇晃，一边摇一边大哭着叫"娘……"宗人见了，心一沉，也顾不上前面是条小河，扑通一声跳入小河中往对岸游去。黑牯也相继跳入水中扶住了宗人。好在河水不深，两人爬上河岸向瘫倒的妇人奔去。来到妇人身旁，宗人忙扶起妇人，问道："你是怎么啦？"妇人睁开眼，有气无力道："没什么，就是浑身没力。"黑牯说："肯定是饿的，这可怎么办呢？"宗人想了一会儿对黑牯说："这里离南湾又远，不如先扶她们到你屋里吃点东西，然后再说，好吗？"黑牯点头道："要得。"于是，两人扶着妇人，来到了白毛家。

　　白毛见了，忙煮了碗稀粥给妇人喝下。妇人回过神来后，十分感激白毛的救命之恩，未等身体完全康复，就帮着做起家务来。白毛发现，妇人不但手脚麻利，年岁也不大，才四十来岁，洗去脸上的污垢后，很是标致。在了解了妇人因家乡遭灾、丈夫又早逝的身世后，白毛十分同情这母女俩，便有意留下她们。宗人觉得这也是件好事，于是对黑牯说："你爹有病，需要人照顾。你和你两个妹妹还小，我看先让她们住在你家吧，也好相互有个照顾。有什么困难，我会帮你们的。"黑牯听宗人这样一说，点头答应。之后，宗人向父亲说起了这件事，国理听后也很是同情，经常打发宗人送些粮食上门接济他们一家。白毛在妇人的悉心照料下，身体渐渐好了起来。后来，这妇人便成了这家的女主人。

迁入祠堂

国理全家十四口人住在六间狭小的房子里，眼瞧着六个儿子一天天长大，一个接着一个都要娶妻生子，全家人的住房问题，成为国理眼下迫在眉睫的大事。本来，他早年间就盘算着要盖一栋住房，只是连年官司不断，耗去了不少钱财，致使经济一度陷入了困境，于是盖房子的计划一直无法实施。经过这些年的苦心经营，家中略有结余，便萌动了盖房子的心思。他盘算了一下，把南湾街和新大屋的房子卖掉，再向亲戚朋友借一点儿，估计盖栋房子的钱也差不多了。于是在1914年的初冬，国理在南湾街的南端选择了一块地坪，开始动工建房。按照计划，包括临街两间铺面及厅堂、客厅、火炉屋等，需建房子十六间，格局为三进四厢。整栋房子除了四周是红砖墙外，里面均为土砖墙结构，按当时的说法叫作"金包银"。罗国理人缘极好，开工那天，南湾垅的人听说罗国理家要盖房子，来帮工的小工络绎不绝。每天，南湾街人头攒动。由于来帮工的人特别多，砖块不用人挑，就算用双手递，大部分人还在歇着，一根木料几个人争着抬。

房子建到二楼时，已到了农历的十月底。眼看半个月就要竣工了，不料天公不作美，下起了米粒雪，而且雪粒越下越大。两天之内，地上的积雪堆起有五寸多厚。接着便是凄厉的北风夹着雨点拍打着地上的积雪，雪粒经寒冷的风雨一阵拍打，冻得如铁板一般，人走在上面，如行走在滑冰场一般。两天之间，树上、地下全是白皑皑、光滑滑一片，屋檐下吊起的冰葫芦有两尺多长。

国理望着半截房子已被冰冻盖住，心急如焚。为了不使砖墙被冻坏，雨雪刚停，他便叫上家人敲碎砖块上的冰层，让砖匠继续动工砌墙。由于气温很低，砖块全成了冰坨，敲掉一块，过不了多久，上面又结上了一层薄冰。一天下来，宗人的手掌、手背被冻成了"肉包子"。董氏看到了，抚摸着宗人的一双小手，心疼地说："徕崽，你明天莫去了，让你的哥哥们去敲吧。"看到父母亲为此急得饭都吃不下，宗人哪愿闲着。他随着几个哥哥一早来到屋坪，不是敲冰就是搬砖，一刻也没有闲下来。一天，他在屋坪搬砖块时，脚下一滑，整个人摔倒在砖块堆上，手和脚被磕去了几块皮肉，鲜血把里裤都渗透了。国理闻讯后，赶忙背起宗人回屋里用草药敷住伤口。然宗人咳嗽不止，额头烫得厉害。国理知道他是感冒了，抓了几服去感冒的草药煎服。晚上，贺氏守在宗人床边说："你这蠢崽，受了寒就莫去搬砖了。幸好是在地上，要是从楼上跌下来，那怎么得了啊？"宗人笑着对母亲说："不会的，我只是不小心滑了一跤。"一会儿，他望着母亲焦虑的面庞说："娘，你也莫太急了，天总是要晴的。"贺氏眼角盈出几颗泪花，点头笑着说："看着你们几兄弟这样晓事，我就心宽了。"

　　由于天寒地冻，新砌的砖墙只隔了一夜，又被冰层冻住了。就这样敲了又砌，砌了又敲，断断续续两个月过去了，原来预备建房的资金已被耗尽，屋里的粮仓也露出了底板。房子建到这个份儿上，不能不完工。万般无奈之下，国理打算把家中仅有的一块茶山卖掉。这时，罗国臣找到国理说："听说你要把茶山卖掉，可有此事？"国理叹气道："是的。几个月来把家中的钱米都耗尽了，房子建到这个份儿上总得要竣工啊！"国臣点头道："房子当然要竣工的，只是那块茶山是你家的祖山，卖掉了，以后你一大家子吃什么油啊。为保障你的房子竣工，我倒有一个办法，只是不知你答应不？"国理摇头道："这年头，灾情不断，地里收成不好，大家都有困难，日子都不好过，我可不会接受族中和乡邻们的资助的。"国臣摇头笑道："你呀，我晓得你就这个脾气，所以有人与我说起这事，都被我拦下了。除此外，还有个两全其美的办法，不知你可否愿意？"国理问："什么办法，你先说说看。"国臣笑了笑道："如今我们十二代祖异三公子孙繁茂，你不是曾经说过，要建个异三公祠堂吗？"国理点点头，忽然想起了什么，盯住国臣问："你是说我这房子改作异三公祠堂？"国臣点点头说："你不愿意接受别人资助，我看也只有这个办法了。一来，族中可以拿点钱粮出来把房子尽快竣工；二来嘛，祠堂也不用另建了，还可节省族中的一大笔开销。这样一来，岂不是一举两得的好事呀！"国理听完后，沉思良久，最后才说："这事关系重大，不是你我说了算的，还是先召集族中几个人商量一下吧。"

族中几个头面人物一经合计，都觉得这是个好办法。

就这样，从威伯公祠中拨出了几石稻谷，罗国理这栋建了两个多月无法完工的房子，终于在第二年春竣工了。房屋按照祠堂布局进行了修改和装饰，外观雕梁画栋，甚是威严。按照族中约定，大门上方悬挂"异三公享祠"的牌匾，产权居住归罗国理所有，罗异三以下的祖先牌位供于异三公祠祖堂上。

罗异三是罗国理的十二代祖先，清朝康熙年间的岁贡生，初授修职郎，晋封文林郎，任善化训导，擢郴州学正。到了罗国理这一代，已是十七代了。罗异三虽为地方教育官员，但为人十分正直，对子孙要求极严。为正族纲，他在原来的基础上，亲自主持修正了《黑田罗氏家训》。规定凡罗姓子孙有违此族规家法者，严惩不贷。《黑田罗氏家训》既裹括了罗氏家族的族规家法，也体现了那个时代的文化内涵。为了更多地了解那个时代的文化沉积和历史风貌，现将《黑田罗氏家训》摘要如下：

祠堂之设，所以尊祖宗而明昭穆，妥先灵而致悯虔。必以礼义为先，雍逊相尚，庶免讥议，各宜遵守毋玩因揭微语于左。

1.祖德　忠厚相承，仁义相尚，乃吾祖家法也。后之子孙，富而贵者当激公义而为忠臣，怀二人者必笃天恩，而为孝子，存心以仁，处事以义，宗法所必讲，谱系所必述，交游须择，而不比之匪人；佛老当辟而不崇乎异教，先法之可遵则遵，不可则师其意；五服之可亲则亲，不可则广其爱，自不失其旧，则奕世永芳，为族之肖子贤孙矣。

2.修身　文献世家，光前烈以绵延奕叶，唯为学致知，取善修慝，处己以孝弟忠信，遇事以慈祥恺恻，暗室亏心悉泯，益己损人俱寂，刑宪自远，德行臻极，如此实修，终身昌吉。

3.宗子　（略）

4.宗祠　（略）

5.户长　（略）

6.理事　（略）

7. 祠租 （略）

8. 祭礼 （略）

9. 敬祀 （略）

10. 正名　名分之正，宗族为先。伯叔兄长，必称行位，毋轻道名字；弟侄孙子应呼名字，勿加位赞扬。有年老而分卑者，有分尊而年幼者，一见伯叔兄长，须起身站立，恭敬随行。雍容和各体宗范，相传日久，则鄙风浇俗自远矣。

11. 内外（略）

12. 廉耻　安贞养素以持志，无相歆羡，临财则不苟取；刚正果毅以励节，不甘萎靡，临事则不避。难能若是，则可垺古人以垂芳。

13. 教子　训子为齐家之本。为父兄者，必躬行仁义，择明师益友陶铸于平时，子弟自能涵养夜于异日。若徒姑息纵恣，安望有孝悌忠信之贤子孙乎？尚期敬听斯言，以为家法。

14. 育才　家声丕振，祗此一经，递传敦诗说礼，便能永袭，其裘族中绅矜儒童，宜谨择交游，遵守卧碑，思以文行自励，志图远大，若勤学好问者，家举月课，以示鼓舞，其间或负笈从师，穷经积学，艰于赴试者，当给以买舟馆舍之资，则可得志科第，光耀前人，若骄乐佚逸，嬉游度日者，集祠惩戒，免流市井，又育才之要务也。

15. 读书　书不可不读，读书者，日与圣贤为友，小而采芹游泮，大则名登金榜，此读书之最上乘也。即如戴逵以舌代耕，食粟盈仓，且为弟子所矜式，何乐如之，今人每视读书一事，动云功迂而效迟，盖即先代万石公思之，当初罗国被楚所灭，子孙多散处黔歙间（黔音衣，县名，属歙州，歙音摄，县名，属新安郡），几无显人，惟万石公饱学山林，一日里人石工猎龙尾山，因窟人见，归言于武帝因大用之，而罗氏从此复彰，籍非万石功笃志好学，罗氏岂至今存乎，甚矣人之不可不学也。

16.耕田　田不可不耕，耕田者，饱食暖衣，若晏安过日，即无东作，安望西成，能使家有担石之储，不求贷于富人之门者，吾未之前闻也，故必三年耕有一年之蓄，九年耕有三年之蓄，不但年丰鼓腹而歌，即岁歉亦可优游自得，且勤能致富，范蠡雪会稽之耻，遂变姓名，为鸱夷子皮之陶为朱公，乃治产时十九年中，三致千金，及年衰而听子孙，子孙修业，而息之，遂至巨万，故言富翁者皆称陶朱公。

17.输粮　国课宜早输自古至今，断无无粮之田，夫官出于民，民出于土，惟藏蓄以待，何畏追呼之扰，人每不自猛省，往往糜费钱米以致二月新丝，五月新谷，更且受逼受辱，亦何自苦乃尔，一临大差，狡计百出，始则揽以包己，继之闪以陷人，总之庶人以身试法，上人何难以法试身，欲图安全，惟乐输便。

18.勤俭　人生世上不可不勤，尤不可不俭，今人不察，既不有寸阴之惜，而且竞尚浮华，卒之浮华难继，治生无谋，既不能读书糊口四方，又不能学稼而效农夫，必仰面求人，累累然若丧家之狗，岂不自愧。诚欢古今陶土行日运百甓后为宰相。齐晏子狐裘三十年，相齐而显，况下此乎，如之何勿思（行勿误衡）。

19.和睦　兄弟叔侄，本系同根，而乡党邻里又属通家，若嫌疑不生，异姓皆为骨肉，矧至亲至近者乎，人惟忤人，则忤于人，忤于人者常忤人，何故不自反而思哉，试思姜家，大被以同眠，王谢清谈，而持麈蔼然，太和之风，古今一致也，彼嚚陵诟谇者，能无愧乎。

20. 嫁娶 （略）

21. 祖茔 （略）

22. 祖屋　祖屋不可不修，扬子云厦屋渠渠，可以避风雨祖宗起造屋宇其竭力经营，为子孙计者甚周，后人宜体前志，兄弟叔侄力所能者，即加整修，不必左诿右推，堕弃前功，不然栋折榱崩，及至子女婚嫁嘉宾至止而后悔，堂屋之失修也晚矣，肯堂构之谓，何可不废然，自反哉。

23. 怜孤　不幸子，生三五岁而父母见背，茕茕孤独，殊堪怜悯，为伯叔堂兄者，必须一体相视，饮食之，教诲之，婚配之，曲为就，毋令失所，安知后日不念箍全之力哉，所以伯道存侄以弃儿张范乞侄以子代，无非出于一念之恻隐，用彰万古之令闻，人胡为而不效之。

24. 恤寡　孀居寡妇，柏舟自矢，使非冰雪为心，殆亦戛戛乎难矣，为长上为幼辈者，务宜矜悯哀恤，一切粮差家务，代为调停，或损我之有余，以益彼之不足，或移今日之钱谷，不计他时之利息，异日儿女长大，知恩必报，即不图报，天理人心，昭然共鉴，安知纯嘏尔常不陨自天耶。

25. 平衡　尺秤等斛，出入归一，古人所谓平律度量衡者非欤，毋以大斗量入小斗付出，小秤称出，大秤称入，称物平施，庶几于心始安，于理斯得矣，若刻入以蝇头小利，便欣欣然为得计，则一念不臧，鬼神谴怒，如年饥米珠，贫民朝不谋夕，得银一钱，夫妻子女筹算易谷若干，活生几日，及至仓前，不觉等子加大，斛斗吞声哑气，怨言载道，彼何人兮，犹之隋珠弹雀，剖腹藏珠，诚恐所得少，而所失甚大也。

26.戒赌　赌牌掷骰，为厉之阶，儒者惰业，农者失时，商者荡资，工者怠事，耽身误己，未有若此之甚也，人每呼类引朋，其始也视得若寄饮食所在，亦将不遑，及胜负攸分，得者不足以偿劳，失者愈有以取悔，割不忍之金，强慷慨之态，久为囊物，倾付他人，其不为妻子讪且泣者几希，况忿心生于搏杀，致残鸿雁之情淫行起于点筹。因造帏房之丑，岂不自愧，吾思牌一纸壳，骰为蠹骨，人为万物之灵，乃以人灵万物，竟堕于纸壳蠹骨间，悲夫纸牌骰子，出其门，身家之所由速败也。

27.戒讼　健讼非肖子贤孙之所为，由于学不足，而气不静也，仅因一时之忿，遂成莫解之是非，仆仆道途，攘攘城市，何其自苦，矧鹬蚌相持，渔人得利，夫亦可叹而可笑者矣，所以虞芮质成，入境自化，易曰，讼则终凶，尚其鉴诸。

28.葬亲　（略）

29.孝义　孝悌义节，与夫修德务本，始终不渝者，皆为当世之珍，通族宜核其实，举报公庭，俾得褒锡，非惟宠及一人，将后之感而兴者，自相承也。

30.谋生　士农工贾外，医卜庸觅，皆足营生，若非优棣卒，僧道巫觋演习枪棒，唆讼窝歹，并炼造低潮假银，皆属伤廉没耻，忍心害理之事，家有贤子孙甚勿类此。

31.独老　人至末年，内无五尺之童，外无期功之亲，倘有些少基产犹可藉以自膳，非然，则将贫不能自存矣，凡我族属殷实当摘馀给养，诗云哿矣，富人哀此茕独，此之谓也。

32.废疾　残废之疾，与深锢之病，一见而可怜，凡我族众，宜萌恻隐之心，分余给赐，以循礼记王制之典。

33.单传（略）

34.忤逆　不孝于规，不悌于长，与夫吞孤嚼寡，逞斗乡邻，如此辈者必合族严加核实，首之公庭，否则惩以家法，古语：不轨之子，必戮于宗，此之谓也。

35.凶暴　自古礼乐可以靖兵刑，衣冠可以化强暴，若子弟而不循规蹈矩，或恃势焰，或逞血气，虽自谓勇力过人，究之终必忘身及亲吾家子弟，须和平温雅，涵养气质，易云：满招损，谦受益，是也。

36.宰牛　爱物之心，人皆有之，而至于牛，尤为物之有功于人者也，夫人以食为天，追其食之原，则牛之为力也苦且多，是以天子无故不杀，况又为玄武之精乎？今酷刻之辈，祗图口腹微利，而伤养生之物命，惩之戒之。

37.轻生　服毒自缢，律法不准，检抵有等，不知事体，妇女幼小，或以小忿，动辄轻生，死于非命，往往有之，今后遇有此事，改房长分长即行排解，如不平允，呈之于祠，秉公处释，若坐视其枉死，不曲为劝息者，子死坐父，妻死坐夫，分长亦难辞责，族其慎之。

38.世系　（略）

以上家训皆勉善也，我族人务须体而行之，抑善而当行者，不但此不善而当戒者更不但此善无他中庸而已，放之则弥六合，卷之则退藏于密，即数十条，衍为数千万言也，可合数十条以执中二字蔽之，亦无不可，至于戒赌戒讼而未及戒烟者，则作训，时烟毒尚未流于中国故也不然洋烟之害百倍乎赌讼，先人安得不垂训哉，夫积善余庆，积不善余殃，天道也，祖宗无私，代天宣化，子孙其凛之。

第八章

求知若渴

"桓桓于征" 而得名

1915 年的初春,南湾异三公享祠竣工后,罗国理全家搬进了新居。虽说新居名为祠堂,除了正厅神堂上供着的祖宗牌位外,内部格局与民居没有多大区别,实际上是罗国理一家人的住宅。两边厢房共有房子十一间,前厅临街的两间铺面,出门左边的一间开起了中药铺;右边的一间仍经营南杂货,取名永隆杂货铺,即生意永远兴隆的意思。

为了让儿子们有个好的习武和学习环境,国理把左边的前进房做了练功房,左边客厅最里边的一间后进房做了书房,又配备了书柜。有了练功房和书房,宗人晚上如饥似渴地钻进书堆,阅览祖上传下来的古籍书,白天,除了帮助家里干些农活外,稍有空闲,便来到练功房,练练刀法,举举石锁。遇柏弟在家,便缠着他教上一路拳脚。

这年的初夏,久宦外乡的罗炳文回到了南湾。罗炳文年近半百,头发过早有些花白了。他为人随和,思想开明,在衡山等地干过书笔小吏,当过新学堂教师。这次回乡,他除有告老还乡之意外,还准备在南湾开办一所新学堂，造福家乡子孙。回到南湾的当天，他便到罗国理家拜访。谈话间炳文流露出欲在家乡筹办一所新学堂的意图，想问问国理的意见。

国理闻言高兴道："那是好事啊！但不知先生说的新学堂指的什么，包括哪些教学内容？"

炳文道："如今全国各地实施教学革新，新学堂开设的课程有国文、算术、格物、修身等。恕炳文斗胆直言，过去的那些'之乎者也'老八股式的教学内容，已不能适应当今社会的需要了哩！"

国理点点头道："这些年我也常在衡山县城走动，也多少听说过新学堂的事。不瞒先生说，国理我多次想在南湾办所这样的新学堂教授子孙，但缺乏条件，一直未能如愿。如今炳文先生回乡主动提出来办新学堂，是南湾子孙之福音也。这样吧，我马上召开族务理事会，先拨给你一些办学经费。烦劳先生牵头筹划，有什么需要，我等当尽力支持，你看意下如何？"

"太好了！"罗炳文大为高兴道，"有理先生这话，我就更加有信心了！"

正在他们说着话时，宗人一阵风般来到客厅，对国理说："爹，我去放牛了！"

国理点头道："宗人，先过来拜见你文伯伯！"便拉过宗人站到炳文跟前道："快叫文伯伯。"宗人瞧了一眼炳文，见他衣着朴素，举止谦和，有些喜欢，便恭恭敬敬地向罗炳文三鞠躬道："文伯伯好！"

罗炳文连忙站起身，见眼前的少年英俊结实，眼露智慧之光，不由欢喜道："好个知书识礼的奶崽啊!"回头问国理:"这徕崽是……"

国理笑了笑:"这是鄙人五犬子宗人,在包老坳上了几年私塾,如今辍学在家一年有余了。"炳文诧异道:"这么好的徕崽,为什么不让他继续上学了啊?"

国理叹道:"唉!乡下没小学堂。去衡山上学吧,他只这么大的年纪,我们又放心不下,只好让他在家里温习功课了。"

"哦!原来是这样。"炳文把宗人拉到自己跟前问:"宗人,私塾里学过《论语》吗?"

"学过!"宗人点点头。

"那我来考考你。"炳文思考了一下说:《论语·学而》的第十五章你能背诵出来吗? '子贡曰'后面的话是什么?"

宗人眨了下眼,挺胸轻声念道:"子贡曰:'贫而无谄,富而无骄,何如?'子曰:'可也;未若贫而乐,富而好礼者也。'子贡曰:'诗云:如切如磋,如琢如磨,其斯之谓与?'子曰:'赐也,始可与言诗已矣,告诸往而知来者。'"

炳文笑着点头道:"背得不错,我再考考你的诗词背得怎么样。唐代诗人杜荀鹤的《题弟侄书童》怎么读?"

宗人想也不想就大声背诵道:"何事居穷道不穷,乱时还与静时同。家山虽在干戈地,弟侄常修礼乐风。窗竹影摇书案上,野泉声入砚池中。少年辛苦终身事,莫向光阴惰寸功。"

炳文点点头:"背得很不错,你可知道其中的意思?"

"晓得,诗人杜荀鹤告诫他侄子,要不畏贫穷不怕喧闹,静心修礼刻苦读书，莫贪懒惰误了终身。"宗人一口气说了出来。

炳文哈哈大笑拊掌道："好，好，不错，不错。宗人乃少年奇才也！"

国理微笑道："先生过奖了。"

炳文一本正经道："非也。宗人小小年纪领悟力和记忆力如此惊人，实令老夫佩服之至。我教了那么多的学生，像宗人这般聪慧的还是第一个见到。"停了停又说，"理先生，我看五侄子天庭饱满，眼露智慧之光，又有如此之天赋，将来出息非同一般。这个学生我第一个收下了，不知理先生意下如何？"

国理高兴道："只要文先生不嫌弃，就是宗人的福气了！"

炳文接着说："常言道：好马还须配好鞍。依老夫看，宗人这名字好是好，却未能尽意。老夫想冒昧给宗人起个学名，不知理先生以为如何？"

"文先生见多识广又才高八斗，如能为宗人赐个学名当然更好！"国理赞成道。

炳文说罢站了起来，透过窗户，凝视着高峻起伏的峰峦，喃喃自语道："诗云：桓桓于征，桓桓者，威武也。征者，征伐也。"念到这，他连呼"好！好！"便重新坐下来对国理道："依老夫看，宗人的学名就叫荣桓，有气势，有深意，不知理先生觉得如何？"

"荣桓，荣桓。"国理一边在手掌上比画两字一边吟诵道，"这名字很好！"忙对一旁的宗人道，"还不快谢过文伯伯！"

宗人正要鞠躬，被炳文一把拉到自己怀中呵呵笑道："五贤侄免礼了。以后课堂上老师若教的有不到之处，你这个奇才只要不当众为难老师就行了。"

国理也呵呵一笑道:"一日为师,终身为父,宗人岂敢不尊师重礼!日后宗人若课堂上有淘气不敬之举,该打该骂全凭先生处罚便是,我国理决不护短。"接着又对宗人说,"宗人,听到了吗?"

宗人点了点头。

罗氏岳英高等小学

南湾街兴起习武之风后,显然比原来平静了许多,土匪再也不敢任意来南湾抢劫了。土匪是明显少了,但地方上的豪强地霸却加紧了明争暗斗,想方设法榨取民脂民膏,以维护自己的统治阶级利益。自罗西木搅闹了肖玉山老婆的寿庆后,几年里,肖玉山对罗西木一肚子不快,连眼角都不愿瞟他一下。罗西木可不想失去了这棵依靠的大树,他想在地方上称霸,就少不了肖玉山的支持。于是他绞尽脑汁,使尽了手腕,通过与肖龙的重新交好,花去数百块大洋,终于使肖玉山冰释前嫌,愿意与他握手言和。这天,罗西木来到肖玉山家,毕恭毕敬地对肖玉山说:"山爷,您听说了吗?南湾的罗国理要办个什么罗氏岳英高等小学,这不分明与山爷您一争高下吗?"

"有这么严重吗?"肖玉山看了罗西木一眼,不屑道,"他办他的学校,这又关我什么事?"

"话虽如此,细想起来,还是有些不对。"罗西木诡秘一笑道,"山爷您想想,他国理只是个小商人,论家财,不及您的九牛一毛;

论势力，更没您大。他办学堂虽没什么，但不该挂名'罗氏高等'四字，有这四字，这不分明是藐视您山爷，藐视肖家没高等学校吗？"

肖玉山冷笑一声，瞪着罗西木道："什么高等低等的，这又有什么关系。他办新学堂，也是罗姓的一件好事。你不也是罗姓人吗？为什么要说这样的话？"

罗西木摇了摇头，苦笑道："山爷清楚，虽说鄙人也姓罗，但与他国理是八竿子打不着。再说了，我主要是为山爷您鸣不平。想起往日他对山爷您大不敬的一些事情，我就不服，也看不惯他罗国理如此目中无人。"

"嗯。"肖玉山想了想，觉得他的话里有点儿道理，便说，"那依你说，我肖玉山该怎么做？"

罗西木笑了笑："闻听山爷也早有办新学堂的打算，只是一直没有合适的先生。如今机会来了，何不来个釜底抽薪？"说到这儿，低头附在肖玉山耳边道，"听说罗炳文回来了，是他主张要办罗氏高等小学堂的。他可是个了不起的新潮人物，若能高薪把他请过来为山爷所用，一来可以了结山爷您办学的愿望，为肖姓人培养人才；二来嘛，也可杀杀他国理的威风，免得他日后骑到山爷您的头上拉屎拉尿了。"

"混账！"肖玉山听了，很不高兴道，"什么拉屎拉尿，他国理有这个能耐吗？"

罗西木自知失言，忙赔礼道："得罪了，得罪了，是我不慎说错了话，请山爷谅解。"

"好啦，这事你爱怎样就怎样吧。"肖玉山说完，不再说话，一声不响地开门离去了。其实他心里清楚，罗西木说的话不是完全没有道理，罗国理也太不把他玉山当回事了，但他内心委实瞧不起罗西木这种吃里爬外的人。

有了肖玉山的默许，罗西木胆子大了。这天晚上，趁着黑夜的掩护，他偷偷来到了南湾街找到罗炳文，直言说："听说炳文兄此次回乡是要办一所新学堂？"

罗炳文点头道："是啊！老夫久居他乡，有种寄人篱下之感。本次告老还乡，当为父老乡亲出份微薄之力。"

"那么校舍定在何处？"罗西木紧紧追问。

"已与理先生商量过了，就定在壶山公祠内。"罗炳文道。

"不妥，不妥。"罗西木连连摇头道，"把学校放在祠堂，实为不雅。"

炳文愣住了，笑笑道："这有何不雅的，莫非西木老弟有更好的办学地点？"

罗西木哈哈一笑："那是当然。实话说了吧，今晚小弟专程来拜访炳文兄，是受肖家大屋肖玉山老爷之托来专门相邀的。山爷早有办学之宏志，只是没有合适的先生。如今听说炳文兄回来了，山爷大喜过望，说小弟与炳文兄交情不浅，非要小弟登门把炳文兄请到肖家大屋去面谈。"

罗炳文哈哈大笑道："我一介书儒，怎敢劳山爷如此器重啊。我看就算了吧。"

炳文直言拒绝，早在罗西木的预料中。他笑了笑，不慌不忙道：

"既然炳文兄不肯赏光，只怪我西木面子小，请不动你。到时山爷说不定会亲自登门相邀的。不过山爷说了，你若是肯为肖家办学的话，除了付给你的酬金加倍外，还打算专门建一所新学堂，请炳文兄权衡考虑吧。"

炳文冷冷道："炳文消受不起，也无须权衡考虑了。请你转告山爷，就说我炳文多谢了。"说罢推说有事，自顾出门而去。

罗西木碰了一鼻子的灰，脸上由红转白，由白至青，冷笑道："哼，如此不识抬举，到时有你好看的。"

经过两个多月的紧张筹备，"南湾罗氏岳英高等小学"的牌匾终于挂到了壶山公祠的大门上方。经族务会决定：聘任罗炳文为校长，另委托校长主持招聘了几名年轻教师。第一期开设两个班级。开学这天，南湾街锣鼓喧天，龙腾狮舞，热闹非凡。

这一天，荣桓特别高兴。他一大早就来到新学堂，盯着新黑板和新课桌，这里看看，那里摸摸，觉得十分新奇。这时，学校已来了不少看热闹的人，他发现水生呆立在大门口张望，便高兴地上前拉住水生的手道："水生哥，你也来上学吗？"水生摇了摇头。荣桓皱眉道："你不想上学？"水生仍摇着头。荣桓见水生想来上学，高兴道："那你一定要来读书啊！"

这会儿，罗炳文刚好从里面出来，见荣桓正与水生说话，便高兴道："荣桓，来得早啊！你是我第一个收下的学生，今天就轮你值日吧，好吗？"

"什么是值日啊？"荣桓有些不懂，仰着脑袋问。

罗炳文笑道："值日就是负责学校的接待。今天是开学的第一天，一会儿有人来报名了，你就领着他们到里面的报名处去排队登记。"

"好！"荣桓高兴地答应着。炳文说完就往外走去，荣桓想起了一件事，跟在炳文身后叫了声"文伯伯"。炳文听荣桓在叫自己，忙止步问道："你还有事？"荣桓拉着水生来到炳文面前说："文伯伯，我想要水生也来上学，给他报个名好吗？""哦？"炳文盯住水生道："你上过私塾没？"水生摇了摇头。炳文笑笑说："我这是高等小学，没上过私塾不认得字怎么行啊！"荣桓却拉住炳文的手摇晃说："他家穷上不起私塾，他不认得字，我可以教他，收下他吧，文伯伯！"炳文苦笑了笑说："那好吧！水生，你先到学校旁听一段日子，要是能跟上班，就允许你正式入学。"水生点头答应。此时的荣桓听罗炳文这样一说，高兴极了，忙拉住水生向炳文鞠躬致谢。后来，荣桓又把黑牯邀来了岳英小学一起读书。

新学校开学了，格物课由校长罗炳文亲自授课。第一课是讲天体宇宙，他先在黑板上画了一个地球，然后对学生们说："同学们，长期以来，人们都以为天体像一只很大的铁锅，人类都是生活在铁锅下面，其实不然。我们人类居住的是一个悬在太空的巨大星球，叫地球。我们白天看到的太阳和晚上看到的月亮也是巨大的星球。根据天体运行公转规律，地球自转一周是一日；月亮围绕地球公转一周是一月；而地球围着太阳公转一周是一年。我们所说的白天黑夜、春夏秋冬四季，皆由此而来。"

校长一说完，下面的学生全蒙了。他们还是第一次听说人类是居住在一个不断运行的圆球上。大家你望望我，我望望你，议论纷纷，不知老师说的是什么。炳文也知道他讲的这些，学生们一时无法听懂。为了启发学生们的理解接受能力，他用教鞭拍了下讲台道："肃静，同学们如有不懂的，请一个个站起来举手提问，别讲小话。"

好学又爱问的荣桓第一个站起来举手道："地球悬在太空上，没东西撑着，为什么不会掉下去呀？"不少学生也"是啊"地附和着，伸长着脖子等先生解答。

"问得好。"炳文示意荣桓坐下，接着道："地球被一层厚厚的大气层包围着。而大气层好比人的一只大手，紧紧地把地球抱住，让地球沿着预定的轨道不停地公转，当然不会掉下去了。"

"那么地球在不停地转动，我们怎么没有一点儿感觉在动啊？"荣桓又接着问。

炳文笑了笑道："这正是地球引力的神奇之处。倘若能感觉到地球在动，那么我们人类就无法在地球上生存了。"说到这儿，见大家纷纷在交头接耳，炳文又接着说："大家还有什么不理解的，都可以提出来。"

学生甲举手道："老师，我常听爷爷讲盘古开天地的故事，有盘古这人吗？"

"非也。"炳文道，"所谓的盘古开天辟地和女娲补天一说，乃是民间流传的故事，只是神话传说。"

学生乙也举手道："没有盘古，那么世上有鬼神吗？"

"世上根本就没有鬼神。要说有，也只是人们的一种心理想象与精神寄托。"炳文答道。

学生丙接着说:"没有鬼神,庙里供着那多菩萨做什么呀?"说到这里,他自顾哈哈笑了起来,引得课堂上一阵哄堂大笑。

炳文敲了敲桌子大声说:"请同学们安静。供奉菩萨,只能说是人们的一种信仰。比如说南湾戏台上的关公菩萨,他是三国时期蜀国的大将,为人正直豪爽,义薄云天,又作战勇猛,智慧过人。千百年来,他是人们心目中敬佩的英雄。后人为了纪念他,为他塑造金身,供人们膜拜!"

听到这里,有的学生发出了"啊"声,也有的学生仍如坠云里雾里,不知老师在说什么。荣桓听了后,感到十分好奇。回到家,他把这些说与家人听。国理听后笑着说:"炳文是见过大世面的人,他讲的课想必没有错。"贺氏却说:"天地是怎么个样子我不懂,要说没有鬼神,我有些不信。"董氏也说:"是啊,神灵还是有的哩。"荣桓反问道:"你们看过鬼神吗?"贺氏摇头说:"鬼神能让人随便看得到吗?看得到就不是鬼神了。不管怎么说,神灵是不可欺的。"国理笑道:"好啦,你们与一个孩子争什么啊,该做晚饭啦。"

新学堂开办以来,老师传授的都是一些闻所未闻的新知识,引起了人们茶余饭后的议论。不少人在纳闷:地球是圆的?而且还会动,怎么丝毫没有感觉?说没有鬼神,为什么张家某某神鬼缠身了,李家某某又被妖孽附体了,请来道师驱邪捉妖后,病就好了呢?一时间,说什么的都有。总而言之,人们确信还是有鬼神的。比如说,水生的娘病了,水生爹说是妖怪缠了身,请来道师驱邪了好几天,最后水生娘虽说撒手西归了,春生硬说是妖邪道法大,把妻子带走了。说归说,人们还是对新学堂产生了巨大的兴趣。就说罗国理吧，他时常去衡山和攸县，听说过不少新学堂的事。他对炳文的教学方法和教的这些知识，是全力支持的。有时，国理一有时间，也会来到学校听炳文讲课。有了国理的支持，炳文才得以把新学堂办得越来越红火。从第二学年开始，学堂又扩大了两个班级，收受的学生除了罗姓子孙外，还广开大门，吸纳其他姓氏的子女入学。

罗西木自上次找罗炳文碰了一鼻子灰后，一直耿耿于怀。如今又听说新学堂办得有声有色，心中更是有一把妒火在燃烧，烧得他钻心地痛。他不想就此罢休，更不想让肖玉山把自己看扁了。于是他找来了手下的几个心腹，吩咐一番后，自己坐等着看好戏。

这天的深夜，月亮早早地躲进了云海。一伙人从罗家垅偷偷摸摸来到南湾街，他们潜进壶山公祠内，悄无声息地毁坏了教室的大部分课桌，还砸烂了黑板，然后又消失在茫茫的夜色中。

第二天，当南湾垅的民众发现学堂的课桌被毁后，他们彻底愤怒了。无论是大人还是小孩儿，纷纷咒骂窃贼的卑劣行径。罗炳文看了看被毁现场后，找到罗国理说："这不像是小偷所为。我看这种事别无他人，肯定是那个罗西木干的。"

"他罗西木也是罗姓子孙嘛，怎么会干出这种事来呢？"国理似乎有些纳闷。

罗炳文便把罗西木如何替肖玉山来请他，他又如何拒绝，罗西木临走时又如何愤愤不满，都与国理说了。这下国理才相信了，他一拳砸在桌子上怒道："这样说来，毁桌椅砸黑板非他罗西木莫属了。"说罢，对炳文道："文先生，课不能停，我先设法借几张桌椅凑合几天。再请人把桌椅和黑板修复一下，实在修复不了的，族中再拿点钱出来做些新桌椅。无论怎样，学校要办下去。至于西木那边，我只要找到了证据，定不轻饶。"

"好！"罗炳文答应一声，便与国理忙着借桌椅去了。

南湾岳英小学课桌被毁黑板被砸坏的事，几经传播，肖玉山也知道了。他找来罗西木劈头就问："南湾学校的桌椅被毁，是你派人去干的吗？"

罗西木得意一笑："只是想给点颜色让他们看看。连山爷您都请不动他，我不服气。如今桌椅被毁，我倒要看看他们有多大能耐，学校还办得下去不。"

"愚蠢！"肖玉山怒道，"成事不足，败事有余。你难道还不了解罗国理？毁几张桌子就能阻止他们办学吗？闹不好，还会说是我肖某破坏教育误人子弟。"说罢，瞪了罗西木一眼，重重摔门而出。

正当罗西木感到难堪时，肖龙偷偷溜进门轻声说："表哥别泄气，山爷的心你还不晓得，他是怪你小打小闹抓痒痒，对国理不起作用。我看哪，还不如干脆来个大动作，再刺痛一下国理。"

"还有什么大动作？你先说说看。"罗西木立时来了精神。

肖龙那双三角眼一转，诡异一笑道："听说国理家的老三与罗家坳一个女人好上了，有这回事吗？"西木点头说是。肖龙冷冷一笑："这不是有机会了吗？其中的文章就看你如何去做了。嘿嘿。"

"哦。"罗西木经肖龙一提醒，突然恍然大悟，忙抱拳道："多谢表弟提醒。"说罢，便匆匆出了门。

力破封建迷信

荣桓进入南湾岳英小学就读后，求知欲望得到了较好的满足，知识视野也有了新的拓展。罗炳文不但讲授一些新知识，还讲些外面的形势，讲穷人怎么穷，讲富人为富不仁的逸闻。从这时候开始，同情穷苦人、厌恶豪绅地霸的思想，已在荣桓的心中初步形成。每天放学后，他会主动上门为穷苦人家做点力所能及的事。

深秋的一天，正是秋收农忙收割季节。当时学校正在上课，天空突然乌云密布，接着便哗啦啦下起了瓢泼大雨。荣桓望着窗外越下越大的雨点，惦记着水生家晒的谷子要被雨水打湿，心急如焚。老师看他东张西望有些心神不宁，问他是怎么了。他举手向老师请假，说要小便。出了校门，他直奔晒谷坪，拿着一把扫帚为水生家收起了谷子。水生这几天病了没去上课，此时只有水生爹喘着气艰难地在扫着谷子。如注的大雨已把坪里的谷子冲向了四周，流入水沟。荣桓一见便急了，赶忙脱下衣服塞住往外溢出的水，试图拦截被洪水冲走的稻谷，待好不容易把谷子垒成堆，荣桓全身早已湿透，光滑的背上沾满了稻草屑。水生爹拉住荣桓到屋檐底下躲雨，对荣桓说："徕崽，真是辛苦你了，要是没你来帮忙，我这点谷子怕要被大水全冲走了。"荣桓笑了笑没作声，忙跑回家换了一身干衣服继续到学校上课。但就是这场大雨，把荣桓淋病了。晚上，荣桓躺在床上高烧不退，直说梦话："快，快来收谷子，莫被大水冲走了……"

瞧着荣桓这副模样，贺氏心疼得直掉眼泪。她熬了几大碗去寒药让荣桓喝下，仍不见退热。贺氏担心荣桓是受了惊吓，便打发晏清请来了道师为荣桓收魂。躺在床上的荣桓被锣声惊醒后，冲手舞足蹈的道师大叫道："我不要收魂，你这骗子快出去。"正喃喃烧香作法的道师起先不予理睬，荣桓已挣扎着坐了起来，又大声叫道："还不快出去，快出去，你这个骗子。"这时那道师可不高兴了，也不顾国理与贺氏的挽留，脸一沉，怒气冲冲地出了门。

这下可气坏了国理，他瞪着荣桓喝道："大胆，人家好心为你治病，你这般态度对人家。还是读书人哩，如此不懂礼貌。"荣桓道："世上根本就没什么鬼魂，全都是骗人的。"贺氏也生气道："你小小年纪晓得什么，吃药不见效，喊个道师来你又把人家气走了，你想气死爹娘啊！"说罢，又伤心地流起泪来。

第二天早上，荣桓的病好了，竟能起床下地走路了，全家人见了，自是高兴万分。贺氏只说是祖宗保佑，便到神堂前又上了三炷香，恭恭敬敬向祖宗三跪九拜以示感谢。吃过早饭，宗人照例拿了一个鹅蛋揣在怀中上学去了。他拐到水生家，从怀中掏出鹅蛋给水生道："病好了就早些来上学啊！"水生感激地点了点头。

小学三年级时，校长罗炳文为了考学生们几年来的学习成绩与思考能力，出了个"论大禹治水三过其门而不入"的作文题目。大多学生写的是大禹怎么样治水等内容，唯荣桓写的一篇作文立意新远，受到校长罗炳文的大加赞扬，并作为范文贴到墙上供学生阅读。文章开篇写道：大禹的父亲鲧治水之失败，在于"治水以湮"；禹治水之能成功，在于"易之以导"。大禹能弃一己之私，屏全家之念，沐雨栉风，披星戴月，三过其门而不入，此难能可贵之品德也。之所以如此，因他穷能立志，卓荦不拔，以斯民为己任。最后引用孟子的"人皆可为尧舜"。指出，彼禹之功，虽赫然万世，匹夫若果立志，推尧舜之心，竭禹五之力，则天下无难事矣。

这天，炳文笑呵呵对国理道："荣桓小小年纪志向远大，思想新颖，想必将来是个不可多得的人才啰！"

国理摇头笑道："文先生过奖了。荣桓读书虽然用功，可不擅礼节，脾气又犟，往后还得多多历练才是！"

"此言差也。"炳文道，"荣桓不拘泥于繁文缛节，性子刚正不阿，我看也不是什么坏事，自古英雄多个性啊！"

"但愿如此吧！"国理长叹一声，笑着道。

第九章　省城读书

入学高等私塾

1918 年的初春，国理的次子晏清又添了个女儿，一家四口人住在南湾的一间房子里已是十分拥挤，便举家搬到了鱼形街的一个罗氏祠堂里居住。为了生计，晏清也在鱼形街上开设了一间杂货铺与一间染铺。

也是在这一年，南湾岳英小学第一届已期满毕业。国理对荣桓和壬甲道："你们也小学毕业了，不可在家荒废了学业。鱼形的梅级湾有所高等私塾，私塾先生也姓罗，是个回乡的秀才，办得还不错，你们俩先去那里温习吧，晚上要是不回来，可住在鱼形你二哥家。"荣桓与壬甲欢快地答应了。

梅级湾私塾的罗先生是个中年人，教学方法比包老坳的蓝先生开明多了。除了教些孔孟文章外，也教他们做人的道理，还讲些古今趣事。学习之余，荣桓喜欢帮二哥家干点家务事儿，或帮着看看铺子，或打扫打扫卫生。一天，他来到染铺，看到二哥晏清双手悬在屋中的一根横梁上，双脚踩在一个大石盘上不停地摇动，石盘下被染成花蓝色的布料经石盘一挤一压，黑水直往底下的水池流去。他知道这是染布的最后一道工序，之后把棉布漂洗晒干，就是成品布料了。他看了一遍，有些好奇，也想爬上横梁去踩石盘，晏清不让他去踩，怕他摔下来。于是有一天趁晏清外出之机，荣桓攀到横梁上，双脚也学着二哥的模样使劲踩着石盘，可任他怎么使劲，石盘都像生了根一般纹丝不动。这下他急了，便使出全身力气踩下去，不料一脚蹬空，整个人从石盘上摔了下来，幸好只有脚肚擦破了点皮。晚上晏清回家后，儿子纪阗马上告诉了父亲，说五叔摔伤了脚。晏清一听，心疼极了，忙在他的伤口上敷了些草药，继而说："那个是你能踩得的吗？幸好只是脚肚破了点皮，要是摔伤了别的地方，如何得了啊！以后别去那上面了，好好读书，有空就帮我看看铺子，教习纪阗识文断字，也可学习一下做生意，将来好帮父亲管理家业。"荣桓点点头。但在他的心里，他有着自己的理想，究竟理想是什么，心中还没十分的底。总之，他对做生意是不感兴趣的。

荣桓与壬甲在梅级湾上私塾，住在二哥家。每逢寒暑期，便回到南湾街自己住的房子里，潜心读书写字，或帮助父亲干些力所能及的农活。

这年的夏天，南湾垅沸沸扬扬传着一桩新闻，老大屋的一个年轻寡妇自丈夫死后不到半年，便与本地的一个光棍儿好上了。那时候崇尚的是"忠臣不事二主，好女不嫁二夫"。寡妇的公公欠生为此十分气愤，便一状告到族首国理这里，要求按族规严惩他们。

罗国理听到这事后，心中甚是不安。这种伤风败俗、有损门风的事，本族有人投诉，他不能不给个说法。但怎么处置？国理一时又不知怎么办才好。因为他也听说，欠生曾想"爬灰"，遭到了儿媳的拒绝。孰是孰非，他还要查明实情后才好下结论。

这天欠生来告状时，恰好被荣桓听到了，待欠生走后，荣桓对国理说："爹，我看欠生叔的话不可全信。"国理一怔，问道："你小小年纪，怎么懂得这些。有事实摆着，怎么不可全信啊。"荣桓一本正经道："我看他说话时双眼游浮不定，吞吞吐吐，像是藏着掖着什么事一样。我跟二哥去过他们家拜年，他家只有三间房子，你想：就那么三间屋，他儿媳住里屋，他住外间，别人能来找他儿媳吗？再说他儿媳的脚那么小，路都走不稳，怎能跑到别人家里？"国理听荣桓这么一说，心想说的在理啊！但他不希望儿子为这些族中的琐事分了心，便对荣桓说："理是没错，你是个读书人，唯有好好读书才是你的本分。以后不要掺和这些事，要把心思用在读书上。"荣桓听父亲这样说，知道父亲的意思便不作声了。国理找到罗国臣商量道："最近老大屋欠生家的事你也听说了吧，依你看怎么处置才好？"国臣似乎已成竹在胸，怒道："必须杀一儆百，开祠堂门严惩他们，否则地方上不得安宁。"国理摇头道："我看还是稳妥点的好。你想：他家只有三间房子，那男的敢来他们家吗？何况他儿媳又是个小脚女人，断不会跑到隔垅去找那男人的。再说了，这些也只是一面之词，故不足为信。"国臣说："话是这么说，无风不起浪。有人告发，不处置不足以平民愤，族人会说我们有意袒护。"国理道："我看这事缓一下，还是先调查一下再行处置吧。"

这桩风流案经国理多方查实，并无奸情，只是男女双方相互间有些意思。两家只隔着一条小垅，有时光棍儿会到寡妇的地里，帮着她锄园种菜，挖土耕地，除此外并没有进一步的举动。在欠生心里，妻子早年过世，续娶无望，便有点儿想占儿媳的便宜，又担心儿媳跟着光棍儿跑了，便添油加醋了一番，企图阻止儿媳出嫁。事情大白后，国理把欠生叫到家中问明情由，狠狠训诫了他一顿。欠生表示不再干涉儿媳的婚事，嫁鸡嫁狗随她去，这事才有了个了结。不久后，那光棍儿请了个媒人做介绍，把欠生儿媳明媒正娶了过去。欠生知道拦不住，有了上次教训，有气也是闷在肚子里，不敢说半个不字。

一天，国理与炳文说起这件事时，炳文称赞道："理先生真开明族长也。什么好女不嫁二夫，什么从一而终，都是封建残余在作怪。男人可以三妻四妾，女人就只能守着死人过一生啊，世上哪有这个道理啊！"

壬甲风波

壬甲年长荣桓四岁，虽是同胞兄弟，性格却有些差异。荣桓动中有静，遇事爱思考，敬佩岳飞，有满腔报国之志，志向远大，十分同情穷苦人，认准了的事非要去做。而壬甲爱动，爱看古典书籍，喜欢追求浪漫的爱情。上次肖龙说壬甲在罗家垅有女人的事，确如肖龙所说，壬甲是有个意中人在罗家垅。那时候的婚姻只能媒妁之言，父母之命，是不兴自由恋爱的。再说了，同族不能通婚，这是自古以来认定了的规矩，不可逾越。可壬甲想的不一样，他看过不少的诸如《西厢记》《红楼梦》之类的古代爱情小说，心中充满对爱情的向往。到了婚娶年龄，他多次谢绝媒人的说媒，却恋上了罗家垅一个长工的女儿。长工的女儿叫凤娥，长得水灵，人又聪慧。自那次凤娥到南湾她姑妈家被壬甲偶然遇到后，壬甲就喜欢上她了。后来壬甲便有意与她接触，多方予以关照。凤娥也很喜欢这个标致多才的三公子，暗暗发誓非壬甲不嫁。壬甲除了私塾读书外，一有空闲便背着人往罗家垅跑。罗家垅离梅级湾只五里路，半小时即到。晏清没有看到他时，便问他去做什么了，他说是去同学家串门了。晏清见他说得有鼻子有眼，便信以为真，也不去细究。这些事，国理与贺氏自然不知。

一天，国理与国臣在客厅闲谈，当谈到壬甲的婚事时，国理皱眉道："唉，壬甲十九岁了，媒人踏破了门，他就是不肯去相亲，不知是何原因。"国臣笑笑道："只怕壬甲另有所爱，他是不会听你们父母的话了。"国理盯着国臣问："此话怎讲？"国臣嘿嘿一笑道："我也是才听别人说的。他与罗家垅的一个本姓妹子好上了，听说两个人来往有好些月了哩！"国理一听说有这种事，大为震怒："你是听哪个讲的，能有这种事吗？"国臣只是笑了笑。国理朝门外大声叫道："柏弟进来一下。"正在铺面张罗生意的柏弟应声来到客屋。国理铁青着脸说："你去梅级湾把壬甲那个畜生给我绑回来。"柏弟不知何故，呆立着不动，国理喝道："你耳朵聋了还是怎么的。"柏弟答应一声，只得飞奔着出了门。

不到半个时辰，壬甲被柏弟带回了家，一起来的还有晏清和璇魁。一进门，正厅的神堂前已有董氏、贺氏还有荣桓等，全家人分列两旁。立在上首的国理铁青着脸，冲壬甲喝道："畜生，给我向列祖列宗跪下。"

壬甲已听柏弟透了点风，知道是什么事了，悻悻然跪在神堂前默不作声。

国理怒从心起，举起手中的一块竹片往壬甲后背猛抽了几下，这才道："你这个畜生，身为读书人，本应懂得礼义廉耻四字，可你不顾人伦，竟做下这等败坏门风、有辱祖宗的事。你不要脸面，祖宗还要脸面，我国理还要脸面的，真是气死我了。"说罢，跌坐在椅子上直喘气。

荣桓走上前说："爹，你也别生气了，先把事情弄清楚了再说。"

晏清也说："是啊，我在鱼形也没听说壬甲有这种事啊！"

国理冲晏清怒道："就是你，没个当哥哥的样，我把壬甲交给你管，你不去管，任他胡来，成心气死我。"

晏清被父亲骂得低下了头，也不好反驳。

跪伏在地上的壬甲已是泪流满面，只顾抽泣着，并不说话。

一旁的董氏与贺氏也已是满眼泪花。贺氏抱怨道："你这个徕崽也太不听话了，好多媒人给你说媒你不要，却私下与女子来往。别的不讲，自古以来同族不能通婚，你难道就不明白吗？"

董氏也含泪道："媒妁之言，父母之命，自古天经地义。你就不想想，你这样胡来，别人会怎么讲。你爹和我们的脸面岂不是让你全丢尽了啊！"

此时国理又重新站起来道："你自己说吧，这事如何了结。"

壬甲只是抽泣，默不作声。

贺氏上前劝道："徕崽，听你爹的话，保证再不与那女子来往了。"董氏也抹泪道:"徕崽,不是别的,同族不能通婚可是祖制啊!只要你与那女子断绝来往,我们再为你找个你满意的,好吗?"壬甲看奶奶和父母亲都气成这样,只得点了点头。

贺氏忙说:"他爹,壬甲已经答应了,就让他起来吧!"

"不行。"国理余怒未消,"今天他必须当着祖宗的面写下一纸保证书。"

已经跪了足有一小时的壬甲在父亲的勒令之下,泪水涔涔地写下了一纸不再与凤娥来往的保证书。国理看过后,没再说什么。贺氏知道国理已经默许了,便将壬甲拉了起来,扶到房中好言安慰了一番。

壬甲经这一打一跪,在床上躺了三天三夜才下床。从此以后,他不苟言笑,显得有些憔悴了。

赴长沙读书

时间已是1919年的初秋,荣桓在梅级湾上了一年多私塾后,经罗炳文介绍,由国理护送到长沙,报考由爱国志士柳直荀创办的长沙谊群补习学校。后来该校更名为长沙协均中学。自小生长在偏僻南湾的荣桓,最远也只去过包老坳上学,第一次踏入车水马龙的省城,这里高高矗立的楼房,如织的人流,还有人拉的黄包车与自走的"乌龟"车,都使荣桓感到既新奇又兴奋。他对国理说:"爹,您原来也来过这里的,如此的美景,怎没听您回家说起过啊?"国理叹道:"唉,早些年那场冤枉官司,我与你潘伯伯是经过这里的，只不过在湘江码头上转了一圈，然后就坐上了去武汉的轮船，根本就没到过这些地方。再说心中有个包袱，哪还有心情看这些景致啊！"

荣桓点点头，突然又说："爹，罗家垅黑牯一家实在是太可怜了。我没在家，别忘了多关照一下啊！"国理笑道："好，你放心吧，这些我心中都有数的。"

父子俩先在一家客栈住了下来，荣桓考完试一个星期左右，便顺利拿到了学校的录取通知书，国理送荣桓到学校后，从内衣口袋掏出仅有的三十块银圆交给荣桓，叮嘱道："徕崽，我得回家了，你要好好读书，城里车子多，世道也不太平，要注意安全。放假了，就坐车或坐船早些回家啊！"荣桓点点头，目送着满头银发的父亲走出了校门，心一酸，几滴泪珠夺眶而出。

谊群补习学校是租用的几栋民房，全校学生才几百人，但校园内的小道绿叶成荫，教室也是窗明几净。初次从偏僻南湾来到省城上学，荣桓的心情十分激动，暗暗发誓要好好学习，学好知识报效国家。

那时，各地的中学很少，能到省城来上学的，都是些阔少爷。荣桓来到学校后，他高大的个子和一身土气的衣服，立刻引来不少议论。有几个阔少当面称他"土包子"。荣桓对这些充耳不闻，全身心投入到了紧张的学习之中。由于他的聪慧和勤奋，第一学期期末考试，他的成绩在全班名列前茅，再加上他诚实谦恭的品德，很快受到了同学们的尊敬。原来叫他"土包子"的同学，都把他当兄长看待，遇到学习上的难题，或有什么其他的事，都喜欢向他请教与诉说。这一年，荣桓由于夜里常常躺在床上看书，双眼视力下降，从此戴上了近视眼镜。在井冈山革命时期，毛泽东也曾亲切地称他为"罗眼镜"！

这一年，北京爆发了"五四"青年爱国运动。5月4日下午，北京大学、高等师范学校等十三所学校的三千多名学生，冲破军警的阻挠到天安门前集会演讲，并举行游行示威，提出"外争主权、内除国贼""取消二十一条""拒绝和约签字"等口号，同时要求惩办亲日派曹汝霖、章宗祥、陆宗舆。游行队伍向东交民巷进发，遭到使馆巡捕的阻拦，转而来到赵家楼胡同曹汝霖的住宅。学生冲入曹宅，曹汝霖急忙躲藏起来，正在该处的章宗祥受到学生痛打，曹宅也被焚烧，军警当场逮捕了三十多名学生。北京学生实行罢课，通电全国表示抗议。

长沙是一座历史古城，更是全省政治与文化的中心，受五四运动的影响，政治斗争也表现得十分突出。社会各界开展了轰轰烈烈的"抵制日货，驱逐张敬尧"运动。全城大街小巷贴满了"打倒反动军阀，驱逐张敬尧"的标语，高呼口号的游行队伍把军阀政客、买办地主阶级吓得如惊弓之鸟，惶惶不可终日。已接受新思想教育的罗荣桓，逐步认识了反动军阀的本质和帝国主义企图瓜分中国的狼子野心。他和同学们一道，每天的课余时间，上街散发传单、演讲、张贴标语，积极投入了这场火热的运动中。

壬甲风波（续）

荣桓在长沙读书时，家中发生了一件大事。

自几月前壬甲向父亲写下一纸保证书后，他再也没有去罗家垅找过凤娥。荣桓去长沙读书后，壬甲有些心烦意乱，不愿待在家中，便继续在梅级湾私塾读书。贺氏看他精神恍惚，便为他张罗了一门亲事，他也去看了两次，发现女方无论哪方面都不如凤娥好，这时便更加思念起凤娥来，于是两人的爱情之火又重新点燃了。

壬甲与凤娥偷偷幽会的事传到了罗西木的耳朵里。他冷冷一笑，觉得是天赐良机，是该实施报仇计划的时候了。

这天晚上，壬甲乘着夜色又来到了罗家垅凤娥家，两人窗前月下有说不尽的悄悄话，好一番"非卿不娶""非君不嫁"的海誓山盟后，壬甲才恋恋不舍地离开。

罗家垅离梅级湾只五里地，一顿饭的工夫就到了。此时已鸡叫头遍，一轮皓月当空，把大地照耀成一片银辉。壬甲沿着一条田间小道向梅级湾急驰，路过一片密林坟地时，突然呼的一声，从坟墓后蹿出个白衣白帽、青面獠牙的怪物来。正一心赶路的壬甲被吓得一颗心几乎要蹦了出来。他以为是遇上鬼怪了，拼了命地往前奔跑。这些年他跟大哥柏弟也练了几手功夫，跑起路来也是健步如飞，渐渐把鬼怪抛在了身后。当他跑到前面的一片树林旁正要松口气时，忽然，从林子背后又蹿出一个面目狰狞的怪物来，这个怪物比先前的鬼怪更阴森可怖。只见他张牙舞爪，张着血盆大口，向壬甲当头猛扑过来。此刻壬甲再度被惊吓，已是三魂丢了七魄。倏忽间，他发现眼前有一棵粗壮的樟树，便使尽全身之力，三两下就攀到了树枝上。他晕沉沉坐在树丫上往下看时，只见两个鬼怪号叫着围着树底在打圈圈。他紧抱树干，哆嗦着闭上双眼，求菩萨保佑……

第二天一早，有人路过树林时，发现了躺在树底下昏迷不醒的壬甲。这人认出了他是南湾国理的三公子，便喊来几个人，用竹椅把壬甲抬到了国理家。国理一家见壬甲面青口闭昏迷不醒的模样，不知得的是什么病症，全家人一下子慌了神。幸好国理懂些医术，把过脉后，料定是惊吓过度所致，煎了几服中药为他灌服下。几个小时后，壬甲才渐渐苏醒了过来。这样经过一月的药物调理，壬甲才慢慢能下地走路了。

为断绝壬甲的念头，国理择了个黄道吉日，把媒婆说的那姑娘热热闹闹地迎进了门。壬甲娶亲后，身体日见消瘦，茶饭不思，整个人如枯槁一般，只见骨头不见肉。几个月下来，本来英俊潇洒的少年郎变成了一个弯腰驼背的"小老头"。壬甲生性豪爽，又写得一手漂亮的毛笔字，平时谁家有个红白喜事的，只要请他作文写对联，他是有求必应，从不推辞。如今病倒在床上，仍有不少人上门求字写对联。这天，天气冷得出奇，壬甲躺在床上休息，盖了两床被子，仍觉冷得发颤，贺氏便又在他屋里燃起了一炉木炭。中午时，老大屋一户人家的老人去世了，打发人求壬甲帮忙写几副挽联。壬甲一听，二话没说便披衣下床，铺开纸张，尽管手抖动得厉害，仍坚持为来人写完了最后一副对联。而此时的壬甲身体极度虚脱，写完对联后，已是咳嗽不止，口吐鲜血，踉跄着栽倒在地。国理发现后，虽采取了多种急救措施，仍未能挽住壬甲年轻的生命。

这天晚上的半夜时分，只有二十二岁的壬甲离开了人世。

壬甲的英年早逝，给国理全家人带来了巨大的悲痛。远在长沙求学的荣桓收到家中的信后，也是泪如泉涌，伤心至极。此时此刻，他虽思念三哥，但没有别的办法，把心思全部用在了学习上。只有这样，他才感到心中有了些许安慰。每次考试，他的成绩都是名列前茅。

深受丧子之痛的国理夫妇，更加思念远在长沙读书的五儿荣桓。为了拴住荣桓的心，他们开始为荣桓的婚事操劳了。

这年临近寒假，在长沙协均中学读书的罗荣桓接连收到父亲的几封信，信中说他母亲身体欠安，思儿心切，盼望他能早日回到母亲身边。荣桓收到父亲的信后，十二月初学校一放寒假，他一刻都不敢耽搁就急匆匆地回到了南湾。

一进门，贺氏就喜滋滋迎上前接过荣桓肩上的行李，笑哈哈道："呵呵，我的荣桓终于回来了！"

荣桓见到母亲乐呵呵的神情，满腹狐疑道："娘，你的病好啦？"贺氏盈盈笑道："见到你回来了，娘的病就好了哩！"荣桓仍有些疑虑，正要说话，这时，翠娥飞奔进门拉住荣桓的手嚷嚷着："五哥戴眼镜了，五哥回来了，五哥要娶婆娘了……"

"你这鬼妹子，看我打你不。"荣桓很喜欢这个小妹，在她后背上轻轻拍了一下。翠娥便奔向贺氏撒娇道："娘，五哥一回来就打我。"贺氏白了翠娥一眼："不听话就该打。疯妹子，你五哥才回，莫在这儿吵他了，去玩你的。”说着把荣桓送到了他的房间，帮着收拾床上的东西。荣桓的住房在右厢房的最里间，从火炉屋穿过董氏的房间便是荣桓的房间。

来到房间放下行李后，荣桓想到娘的身体已康复，吊在心中的一块石头落了地。又想起了刚才小妹说过的话，急急问道："娘，小妹说的是哪个娶亲啊？"

贺氏笑了笑："我正要和你说这件事，我与你爹为你做主找了个媳妇，女方是颜家湾人。听媒人说，这女子长得标致，家中也还不错，有几石谷田。"

未等贺氏说完，荣桓心中一沉，噘嘴道："我不娶亲！"

贺氏本以为荣桓听后会十分高兴，不想会说出这话来，不解道："为什么？"

荣桓道："我才十七岁，还在读书嘛。"

这会儿国理刚好从外面回家，听说荣桓回来了，也忙来到荣桓房间，正好听到荣桓说话，他跨进门接口道："读书是读书，娶亲归娶亲，娶了亲也不会耽误你去读书嘛！"

荣桓有些不高兴道："爹，我还小，还不想娶亲。"

国理脸一绷："怎么不想娶亲啦？自古儿女婚嫁乃父母之命，定都定了，由不得你愿意不愿意的。男大当婚，不少人十二三岁就娶妻生子了，你十七岁也不小了啊！听话，把媳妇娶进门后，再去读书也不迟。"

父亲的话说得死了，荣桓知道父亲的性格，想要再说什么，也是徒劳。他看到母亲在一旁垂泪，知道母亲是在思念三哥了。

想到三哥才去世，父母心头的阴影未散。这种时候，他不想让父母再为自己拒绝婚事而生气，只得把想说的话咽回了肚里。此时的他想到了十分关爱他的二哥，便来到住在鱼形街的晏清家，向二哥表露了不想娶亲的想法。晏清也很赞成五弟的想法，但父母定下的事岂是晚辈能随便更改得了的？晏清苦笑了笑，只得劝慰荣桓道："当初媒人上门为你说媒时，我就与爹娘说过，要等你回家后先听听你的想法再定，可爹娘硬是不同意。你也知道，爹娘是最疼你的。你三哥走后，爹娘心头别说有多痛苦了。其实，爹娘也晓得这个家留不住你，只想为你早早娶门亲事，也好生个一男半女承接香火。你学有所成后，无论是到了哪里，无论是为官还是为商，都能永远记得这个家，这也是爹娘的一片苦心啊！"荣桓听了，久久没有作声。晏清又继续说："我当初因不同意爹娘过早为你定亲，被父亲教训了一顿。如今聘礼也下了，吉日也定好了，想改也改不了啦！再说，爹娘定下的婚事，是不会同意悔婚的。为今之计，没别的办法，你只能先完婚后再继续去读书了。"

听了二哥的一席话，荣桓知道这门婚事父母亲已经是铁了心，不同意也是不行的了。到了这份儿上，他只得屈从了父母的心愿。

思索：如何救国救民

1920年的暑假，在长沙读书的荣桓回到了南湾。他回家的第一件事就是提出男女平等，要求父亲答应让小妹翠娥、侄女桂英、妻子月娥先到岳英小学读书，以后再逐步招收其他的女子。国理考虑到岳英小学都是男孩子在读书，再说当时盛行的是"女子无才便是德"，便没有答应荣桓的提议。荣桓列举了省城不但有女子学校，还有许多女界英豪的事例。国理是个开明的父亲，在罗荣桓的再三劝说下，终于同意让翠娥等三人去岳英小学读书。后来岳英小学又陆续招收了部分女生。受新思想教育的影响，后来这些女生大多成为南湾农民协会的骨干会员。

荣桓每次放假回到家中，除了动员侄儿、侄女读书外，总是一人关在书房里读书。贺氏看到很晚了书房还亮着灯光，屡次走过来劝荣桓早点休息。荣桓口头答应着，待母亲一转身，他就把席子挂到窗户上，遮住灯光，又继续读起书来。荣桓虽说在省城接受了新思想的教育，通过参加反帝反封建的学生运动，也明白了不少道理，但有的问题仍然想不明白，希望从书中能找到答案。比如，怎样才能使穷苦人都过上好日子？怎样才能做到人人平等，穷人不再受欺凌？对于这些问题，他曾问过母亲，也问过奶奶。回答是：这些都是命中注定的，不可强求。他历来是不相信命运的，他希望能从书中找到答案，但书中都是些王公贵族的发迹史和知恩图报的说教，再就是岳飞抗金、薛仁贵征东的故事。他曾崇尚古代的这些爱国英雄，然而时代背景不同了，也不能得到他想要的答案。他为此陷入了苦苦的思索之中。

这一年的四月二十三日，是国理夫妇的五十一大寿。作为罗姓族首且威望很高的国理，尽管多次表示不愿意做寿庆，但架不住族中人的再三劝说，不得已才摆开寿宴，招待四面八方来庆寿的亲朋好友。其中肖（维）宗潘为罗国理写的一篇寿叙，既全面概括了国理夫妇的刚正不阿和艰难的人生经历，也勾勒出了封建社会腐朽没落的图景。现将全文摘要如下。

国理君暨贺孺人寿叙

罗国理君，维姑表妹董太君子也。其先人汇吾先生，承科第世家之盛，籍诸生，有闻庠序，高视一时。国理君幼禀庭训，清俊拔群儿，学书笔势轩昂，随拟古今名人书体，辄能肖似。未冠而孤，家贫，不能竟学。为蒙塾师数年，馆谷不支，遂废咕哗而货殖焉。奉母卖药南湾市，商而兼农。淑配贺孺人佐之，甚能。积二十余年，家以小康，长子孙，诗书弦诵，延礼宾客，车马骈阗，虽豪富不如也。黑田罗氏，为吾乡大族，国理君之先高曾以上数世，即主持族纲，乡里称新老大屋，为罗族政所出也。及汇吾先生兄弟殁后，权稍稍移矣。国理君谨惧衰微之渐，振奋卓立，复为其族人所倚重。遂收其权而恢扩之，理财兴学，修谱牒，建祠宇，诸大纲咸归总宰，间有异者不能夺也。由族而乡，由乡而县，缙绅耆老及于官长，多知其为人。凡县中大议会，大选举，必有国理君名。持正不诡，劳怨并任，令闻日著。光绪之末，朝政不纲，官失其德，上乖下罔，风俗颓败。市井无赖，横行靡忌，聚丑博塞，因而劫夺。时国理君为团总，与维立保乡之约，治匪除莠，务绝其本，巫淫荒乱之风，极严厉禁。丁未之秋，土字横过冲赌戏楚台，事起莠魁与班首唐某合谋，假名浏阳谭光禄祠祭器，诬讼国理君。毁赃重案，又来得省城大绅王祭酒先谦，叶主政德辉，黎孝廉尚雯三书抵县，府、道各署为奥援。知县王章祺无状，为所慑，宽匪从愿。乃朱签传国理君庭讯，不到，又禀府提究，于是郡缇骑相望于道。维师康刘礼部讦父，韪国理君之所为，极意扶持，为书与王章祺争论，不能解。国理君上诉大吏，维走京师，欲叩帝闻。会西宫升遐，朝廷错乱，讫不得直。是役也，国理君奔驰数百里，耗财近千金，频遭官吏之辱，百折不回，无少怨尤。当时同事惑于妻孥之交谪，或半途诡避，或贿吏除名，丈夫之气扫地矣。贺孺人能慰勉其夫，谓任团总，纠浇漓，此正人君子事也，毁家何惜焉？县吏卒到门，则大骂，吏卒亦无如何。有仇人阴谋乘国理君外出，籍鞭郡卒以倾陷之。孺人曰："此县官王章祺蒙请以来，县卒可鞭，郡卒不可鞭，鞭者吾必指名鸣究。"仇谋不得逞。有刀笔吏阴党于邪，阳附国理君。孺人曰："此人言极甘，不可听，听必败君事。"其明达机警有如此。夫当群邪相逼，气焰高涨，而内省不疚，何忧何惧，在男子已为难能，况妇人乎！维尝推《易》否泰之义，而得夫妇之道焉。夫刚而妇柔，此常道也。然夫刚而无妇柔，则暴而不能容其妇之贤；妇柔而无刚，则媚而不能辅其夫之志。所谓大往小来，内阴而外阳，天地之所以为否也。夫刚而有柔，则能和义以行其道；妇柔而有刚，则能正顺以相其宜。所谓小往大来，内阳而外阴，天地之所以为泰也。夫夫妇妇之道，亦阴阳消息之机而已。夫刚不可柔，妇柔不可刚，拘虚之论不足与人伦之至也。国理君与贺孺人，可谓夫妇之正矣。夫妇正而家道成，国理君与贺孺人事老怡然康强，教诸子秩然安业，隆家衍瑞，宜哉！国理君故家子之贤者，贺孺人则寒林一枝之秀，尤难得也。今岁五一齐年初庆，宗族姻娅制屏称庆，属序于维，维因乐道其贤，而著夫妇刚柔之义焉。若夫刚而柔或过之，柔而刚或过之，国理君与贺孺人同志交勉，将见其德与年俱进于无疆也，岂不懿欤！

民国十年，也就是 1921 年的八月，长沙协均中学放暑假后，罗荣桓着一身学生装，风尘仆仆回到了南湾。

这时的南湾像是个硕大的火炉，已经一个多月滴雨未下，地里的庄稼全都要枯萎了。不少稻田里裂开了坼，灌了谷浆的禾苗成了一片枯黄。以种田为生的农民看到这种光景，急得口里冒烟。为了生存，人们依仗小河里的水源，是低洼田的，日夜用水车车水灌溉。要是水车车不到的高处田，便用肩挑手提水灌溉。就是拼尽全力，也要保住田里的稻子有点收成。

荣桓回家的当天，看到满垅里的稻子像被火烧了一般，到处是抗旱的人流，心急如焚，便赶忙脱下学生装，换上了一身旧衣服，来到了喧嚣的田垅中。他家的两亩多地在小河岸边，此时的晏清和璇魁正坐在水车上，双脚使劲踩着水车，往自家地里车水。璇魁老远看到荣桓走了来，甚是高兴，大叫道："荣桓，来踩水车啊，很好玩的。"晏清白了璇魁一眼说："车你的水吧，荣桓才回，让他好好歇歇。"

荣桓来到跟前，分别与二哥、四哥打过招呼后，想起了水生家，便问："二哥，水生家的田在哪儿啊？"晏清往山坎下一指说："在那边，他一家人也在挑水哩。"荣桓举目望过去，前面不远处的小路上，水生打着赤膊，正挑着水桶往自家稻田间奔跑。小河边，春生从河里提取半桶水，走一步歇一步，样子极其艰难。荣桓急急走了过去，鞋袜一脱，不由分说接过春生手中的木桶，从小河重新提满一桶水，跟到了水生的身后。春生忙叫道："荣桓，你回了啊，你还是歇歇吧，让我来提。"荣桓笑道："春生叔，你身体不好，还是我来吧。"就这样，他全然不顾春生和水生的阻挠，帮着提了一桶又一桶，汗水湿透了全身。到了傍晚时分回家时，整个人水淋淋的，像是从水里泡过一般，双手也磨出了多个血泡。国理看到儿子这副模样，赞许地点点头。贺氏见了，心疼得流出了泪水。她找来衣服给荣桓换，又用盐水涂抹在荣桓满手掌的血泡上，心疼地说："你这奶崽呀，我们不是不让你帮春生家去提水，你才回来总得先歇会儿吧，要提，也得少提点。你看，你一个读书人，搞得满手掌的血泡，怎么握笔写字啊！"荣桓笑笑说："没事的，过几天就会好。其实一桶水也没多重，只是我锻炼得少。娘，我也要习武。"贺氏点头道："好，习武好，到时要你大哥教你。"

当时的南湾街习武之风盛行，大家都觉得练习武功既可强身，又可抵御匪患。所以劳作之余，都喜欢舞枪弄棍，打上几套拳脚。荣桓明白习武可以强身健体，早些年开始就对武术产生了浓厚的兴趣。学习劳动之余，便钻进练功房舞刀弄剑举石锁，直到大汗淋漓才肯罢休。这一天，荣桓正在练功房练举石锁，这是一把五十斤重的石锁，刚举时，荣桓提都提不动，可他对什么事都有股不服输的韧劲儿。在柏弟的传授下，经过十多天的反复苦练，如今终于能轻易将石锁举过头顶了。

这天，正当他举石锁时，忽听对面屋的客厅里传出水生的啼哭声，荣桓一惊，忙放下石锁，戴上眼镜来到客厅，只见水生跪在父亲跟前哭着说着什么。

　　原来，水生家断粮有好几天了，他爹春生打算到枣冲的表姐家借点杂粮充饥，没想到表姐一家都外出了，大门落上了一把锁。春生左等右盼不见表姐回，只好往回路走。路过神塘冲时，天已乌黑。他隐隐发现路边有一片红薯地，心想家里的几个人还在等他的粮回去下锅，如此空手回去，屋里的几张嘴巴怎么办？想到这儿，他也顾不上那么多，偷偷蹲到红薯地里用双手刨了起来。正当他刨上十二个红薯脱下衣服要包起来离开时，却被人发现了。来人将春生按倒在地一顿拳脚相加，末了又将他拖到了神塘冲大屋。这会儿有人认得是南湾的春生，便报告了罗金生。罗金生发话：按每个红薯一块大洋赔偿，打发人通知春生家人，今晚拿十二块大洋去赎人，否则，明天一早送官府治罪。水生听到这一消息时，顿时呆坐在地上。天哪，就是把这几间破房子全部卖掉，也抵不上十二块大洋啊。无奈之下，他只好求助于国理来了。

　　荣桓一听有这样的事，不等父亲说话，大怒道："这个罗金生也太无法无天了，不就是几个红薯吗？打了人不说，还要赔十二块大洋。这不是把人往绝路上逼吗？"

　　国理听了，脸色铁青，没有言语，只一口接一口地抽着水烟。这会儿，晏清也进来了，听说了事情的原委后，摩拳擦掌道："爹，罗金生欺人太甚，我带几个人与他讲理去，要他放回春生叔。"

　　国理摇摇头，把铜烟壶放回茶几道："他能听你讲理吗？与他讲得清就不是他罗金生了。再说偷东西总是理亏，这样吧，我去趟神堂冲，厚着这张老脸去求他一次，看能不能少赔点儿钱。"荣桓和晏清也要跟着去，国理担心他们年轻气盛，发生口角之争出什么意外，便要他们先在家里联络些人，万一事情谈不成，再叫些人去也不迟。

人被扣着，事情十分紧急，国理叫上国臣，二人摸黑来到了神塘冲罗金生家。罗金生不敢在国理面前要什么手腕，连说红薯事小，情分事大，此事多有得罪。又说，连族长都出面了，不给面子是他罗金生有眼无珠。他口里这样说，心里却是暗自得意："哼，想不到你罗国理也有求我的时候啊。"

国理见罗金生假惺惺说出一大堆漂亮话，这是他原来没有想到的，便也笑着虚与委蛇，最后，拿出两块大洋做赔偿，才领回了春生。

回到南湾，国理虽同情春生一家，却不能宽容他的偷盗行为。第二天，他把春生叫到祠堂，当着列祖列宗的牌位，狠狠训诫了他一顿。末了，要春生写下保证书，按上手印，保证今后永不沾手偷字。事后，荣桓与父亲商量，给春生家送去了一些大米和红薯。

荣桓目睹了这一切，更加看清了地主豪绅欺压穷人的嘴脸。他的心中燃烧着一把火，这把火，是对穷苦人的无比同情，对乡绅恶霸的极端鄙视。他的性格也由此在变，变得有些让人难以捉摸。特别是那些乡绅来国理家拜访，荣桓总是噘着嘴巴，视若无睹，一副不理不睬的模样。他的这一性格惹恼了一些乡绅，有人对国理说："理先生，你家这个五公子可不得了啰，读了几本书就看不起我们了，每次看到我们就噘着个嘴巴，就像我们欠了他钱似的。"也有人在背后指指点点："莫看理先生的这个五公子读了那样多的书，连起码的礼节都不懂，将来能有什么出息啊。"这些话传到国理的耳朵里，他虽然不悦，也曾说过荣桓，但他更理解这个儿子。一天，肖宗潘来到国理家，问怎么没看到荣桓。国理说他出去了，接着不无担忧道："唉，荣桓书是读了不少，就是越读越不懂礼节，越不爱说话了。为此事，我耳朵里的闲言碎语都灌满了。"

宗潘笑道："别人喜欢说就去说吧！荣桓性格刚强，看不惯那些豪强地霸的模样，也不喜欢那些繁文缛节，说起来这都是顺理成章的事。你没听说么，凡做大事者，性格都是这样子的嘛！"

国理不置可否，笑了笑道："是啊！还是你最理解他！"

这会儿，宗潘突然想起了一件事，他喝了口茶水侧身问道："风传新大屋罗文桂佃租了玉山的三石谷田，田里的谷子全部抵押给了肖玉山，你听说了吗？"

国理闻之一怔："我没听说有这等事啊？文桂一家六口人就指望那点谷子的，为何要把稻谷抵押啊？抵押了他一家人吃什么呀？"

"我也不晓得是为何，也是才听人说的，或许是误传吧。"宗潘道。

的确，罗文桂佃租的三石谷田的稻谷是抵押给了肖玉山。说是抵押，其实是巧取豪夺，因为并非出自罗文桂自愿，而是肖玉山的管家肖龙为讨主子欢心，设下的圈套。在外人看来，欠账还钱，没钱用实物做抵押，这似乎又是顺理成章的事。

自从肖宗潘与罗国理订立保乡之约，火烧了戏台以后，马云桥的赌窝也被查封了，赌博之风才得以刹住。南湾与下垅里一带的赌徒有所收敛，不敢再公开聚赌了。这样一来，靠聚赌讹诈钱财的"眼镜蛇"一伙怎肯善罢甘休。但碍于潘先生在当地的威望，又不好公开对抗，表面上也高喊支持禁赌，暗地里却以兴办农友俱乐部为名，在马云桥附近开设了一个地下赌场，专门引诱那些瘾君子上钩，一旦对方跌入陷阱不能自拔了，"眼镜蛇"便假充好人当场放下高利贷。这样使对方越陷越深，高利贷利上加利，越滚越多。到了这时，输红了双眼的赌棍哪还管什么家人的死活，就是倾家荡产也要扳回本。这时"眼镜蛇"会适时拿来一纸家产抵押书往桌上一放，赌徒甚至连看也不看一眼就按上了手印。往往这一按不知按去了多少人的家破人亡。

新大屋罗文桂三十岁出头，上有年老多病的父母，下有一双儿女，全家六口人挤住在祖上遗下来的两间屋子里，靠着佃租肖玉山的三石谷田度日。要是遇上风调雨顺的年景，每天喝点粥搭配杂粮的话，全家尚能勉强维持生计。屋漏偏逢连夜雨，文桂的父亲常年患病在床，母亲身体又欠安。为了给父亲治病，文桂只得卖掉不多的粮食。这样一来，家中自是连稀饭也喝不上了。这天一早，他去太平寺向一个远房亲戚家借粮，粮没借到，返回路过马云桥时，已是晌午，恰好被正立在屋门前剔牙的"眼镜蛇"发现。"眼镜蛇"扶了扶眼镜，三角眼一转道："文桂老弟这是从哪里来啊？怎么一副无精打采的样子？想必是还没吃中饭吧。"

文桂素知"眼镜蛇"的为人，也知道马云桥是个赌窝，去不得的，本不想搭理"眼镜蛇"，无奈"眼镜蛇"黏上了他，呵呵笑着拦住他道："脸色这么难看，看样子，文桂老弟是饿了，正好我这里还有现成的饭菜，倒掉了也可惜，你何不随我去吃了饭再回家？"

此时的文桂连早饭都没吃，肚皮早已贴紧了后脊梁，见"眼镜蛇"一副热心肠的模样，本想不去，又确实饿得不行了，心想肖玉山财大家业大，剩菜剩饭倒了也可惜，何不先填饱了肚子再说。但又有些担心什么，见"眼镜蛇"肖龙盛情相邀，于是双脚不听使唤起来，跟着"眼镜蛇"来到了离肖家大屋不远的一栋瓦房里。刚一进门，"眼镜蛇"就吩咐佣人为文桂盛上饭菜。文桂闻着饭香，不管三七二十一，狼吞虎咽地吃起来。

饭毕，"眼镜蛇"邀文桂到里屋喝茶休息一会儿再走，文桂看"眼镜蛇"如此诚心，便随他来到里面的几间房子。他一看，每间房子都摆着一张方桌，桌前围满了人，桌上堆放着一摞摞大洋，一看便知这些人是在聚赌。文桂知道自己身无分文，摇了摇头正待离开，只见里面有人朝他扬手招呼道："兄弟，这里三缺一，来试试手气如何？"文桂拍了拍口袋道："我身无分文，不玩了。"这时，"眼镜蛇"拍了拍文桂的肩膀说道："文桂老弟要是想发财，何愁没本钱，先从我这里借点，赢了钱再还给我就是啊。"说罢，也不等文桂答应，顺手从口袋里掏出十块大洋塞给文桂，诡异一笑道："先借你十块大洋。老规矩，立个字据吧。看你文桂老弟今天印堂发亮，必赢无疑。"

听着赌桌上"叮当叮当"大洋的碰撞声，文桂的手儿早就痒了。他接过"眼镜蛇"肖龙递过来的十块大洋，匆匆在一张字据上按上了自己的手印，便坐到赌桌前赌了起来。前几盘下来，他赢了。这会儿，一旁的肖龙说："文桂老弟，手气不错啊。"文桂来劲儿了，当他一连赢到二十多块大洋时，手气开始背了，一盘接一盘地输，不但把借的十块大洋和赢来的都输光了，还欠下了十多块大洋的赌债。正当他懊恼之际，肖龙又出现在他面前，要他立个字据再借给他十块大洋扳本。这样借了输、输了借，到了傍晚时分，他已整整输掉了四十块大洋。那时一石稻谷才值两块大洋，等于输掉了二十石稻谷。这对一个穷苦人家来说，几乎是个天文数字。文桂立时瘫软在地，大脑一片空白，他不知该怎么办才好，红肿的双眼欲哭无泪。又是在这时候，肖龙笑嘻嘻地安慰他道："牌桌输赢是常事，文桂老弟用不着如此难过啊。"说罢，扶起瘫在地上的文桂，诡笑道："输了还可以再赢回来嘛，着什么急啊。"

半晌，文桂长长叹了口气，颤声道："借你的四十块大洋，我拿什么来还你啊？"

肖龙见时机已成熟，便拿出一份契约对文桂说："欠账还钱，天经地义。四十块大洋可是二十石谷子啊。实话与你说了吧，山爷打算收回佃给你柳树坝的那三石谷田，你借的四十块大洋也是山爷的。没钱还，你把柳树坝那三石谷田的稻谷抵押给山爷，钱谷两清。佃给你的田，山爷也收回了。"

此时的文桂哪还有半点儿别的办法？尽管他不愿退佃，也不愿把那点救命粮抵押出去。但他知道欠下的赌债，是阎王债。事到如此，没有了别的丝毫办法，只得眼一闭，在那纸抵押契约上按上了手印。

罗国理了解到这一情况后，心中是又气又恨。气的是罗文桂不顾全家老少的生计，干下如此糊涂透顶之事。恨的是肖龙竟然违背保乡公约，招群聚赌，做下如此害人缺德之事。思来想去，第二天他来到了肖宗潘家，进门就说："潘先生啊，这个肖玉山做事也太绝了吧，马云桥这个赌场早已封了，怎么又在聚赌啊？不但聚赌，还以此相逼，做下如此缺德之事。"说罢，将事情的真相都与肖宗潘说了。

"还真有这种事呀？"肖宗潘听了国理的叙说，沉思片刻道，"依我看，这事十有八九是肖龙出的馊主意。"

"他玉山一个大财主，可也不能事事都听肖龙的呀。"国理有些不理解。

肖宗潘笑道："话是这样说，玉山虽说家大业大，可也是个有名的守财奴。有人替他招财，他求之不得哩，送到嘴边的肥肉能不吃？"接着又道，"我看，你也别急，先由我去与肖玉山谈谈，打探一下情况再说吧。"

国理点点头。他知道潘先生的难处。虽说他是肖姓的一族之首，但肖玉山有权有势，他要干的事，莫说是宗潘没办法，就是县太爷来了，也奈他不何。

放暑假在家的罗荣桓知道了文桂的遭遇后，大为恼火。他对国理说："爹，那个肖玉山也太欺负人了。他要退佃，还要带人来割文桂家的稻子，文桂一家老的老、小的小，全指望那点儿粮食，千万不能让他们的阴谋得逞。否则，文桂一家就没有活路了。"

国理点头说："这个我何尝不懂啊！现在也只能要你潘叔叔出面，找肖玉山疏通一下，看能不能说得通。"荣桓说："我看，这事没有这么简单。"

第二天，肖宗潘懊恼地来到国理家，叹气道："我与肖玉山好说歹说，希望他能放过文桂，他执意要退佃，还说欠债还钱天经地义。这件事我实在是无能为力了。"

国理心一沉："这个肖玉山，怎么这样没人性？我现在就去找他，他也是一方人物，总该讲点儿道理吧。"

宗潘摇摇头道："你去也是白去，他根本不承认聚赌的事。他退佃是要还贷，说是文桂借了他的钱，欠债还钱天经地义，事情就这么简单。"

"这纯粹是欺侮人，要退佃也得等人家收割后再退嘛。"国理十分生气道。

宗潘点头道："理是这么个理，他会听吗？就是闹到县衙，也是有钱才有理的。"

宗潘走后，国理与族中几名年长的人商量了一会儿。退佃暂且不说，先保住粮食要紧。鉴于收割在即，为防意外，决定来个先下手为强，集合一些劳力，趁早替文桂把稻子收回家。

国理正在商量着抢收稻子的事，肖家大屋的肖龙也在向肖玉山献计，谋划着如何把文桂的稻子早点儿收回来。最后肖玉山嘱咐道："这事就交给你了，要小心点儿。"肖龙点头道："山爷放心，我会多带些人去的。"

这天一大早，新大屋文桂爹佝偻着身子来到柳树坝。他家几天没米下锅了，想看看田里的稻谷成熟得如何了。来到田坎边，他猛然发现有十多人在收割自家田里的稻子，气得大喝道："你们好大胆子，青天白日竟敢偷我家的稻谷。你们是哪里的，都给我住手。"

　　正低头弯腰割稻子的人头也不抬，继续挥动着镰刀。文桂爹急了，上前去拦割稻子的人，被那人手一推，立时四脚朝天跌倒在地。此时，站在田坎上指手画脚的肖龙冷笑道："老家伙，这几丘田的谷子都是山爷的啦，你来捣什么乱，快回家睡觉去吧。"

　　此时文桂爹极力挣扎着站起来，瞪着肖龙，几乎是哀求道："田是佃山爷的不假，可稻子是我家文桂的啊。我们收割后按规矩交山爷的租谷，为什么你们要都割了去啊。"

　　"原来你还不晓得呀？"肖龙冷笑道，"文桂把这里的稻谷都卖给山爷了。这么大的事他都不和你说一声，这文桂也太不懂事了吧。"说罢得意地哈哈大笑起来，引得割稻子的人一片嬉笑声。

　　"你说什么？"文桂爹似乎不相信自己的耳朵，当看到大家的神情确认无误时，他号啕大哭了起来，"天啊，这个不孝的孽子呀……"

　　正好这天一早晏清有事去南湾街，路过柳树坝时目睹了这一情况，知道凭一人之力是阻止不了这帮人的，便飞跑到南湾街，将这一情况告知了父亲。国理一听，怒由心生，嘱咐柏弟召集一班年轻人赶到柳树坝，自己与荣桓、晏清急急忙忙先一步来到了柳树坝。他来到肖龙跟前，沉声道："请肖管家让他们先停下来，待事情说清楚了再割也不迟吧。"

　　"是理先生啊。"肖龙抱了抱拳故作惊讶道，"大清早的，你不在铺子打理生意，怎么跑这来啦？"

　　荣桓强压住心中的怒火道："肖管家你看清楚了，这田是文桂佃的，田里的谷子是文桂种的，这是他一家人的救命粮。青天白日的，你们明火执仗割文桂家的谷子，简直就是强盗行为。你还不快叫他们住手。"

肖龙朝荣桓看了一眼，对国理道："想必这就是理先生的五公子吧？"

国理点头说是。正要说话，肖龙冷笑道："听说五公子在长沙读书，读书之人知理性，怎么说话这样难听啊？难道你连欠账还钱的道理都不懂了吗？"

荣桓不慌不忙道："哼，你也晓得讲道理，那我问你，文桂欠了你们多少钱？欠的是什么钱？"

肖龙支吾了几句，不知如何回答才好。

这时，国理跨前一步逼近肖龙，抱拳道："肖管家，即便文桂欠了玉山的钱，也不能采取这种方法吧。你看，稻子都还没有完全成熟，还净是谷浆，割了岂不是可惜啦？等稻子成熟收割后，该怎样，文桂也跑不了，是吧。"

"这些我们可管不了。"肖龙冷哼道，"理先生也许不知吧，这田里的谷子文桂已经卖给了山爷。文桂立了字据又盖了手印，什么时候收割是我们山爷的事，还轮不上你们来管吧。"

"放肆。"国理已是忍无可忍，大声喝道。

此刻，荣桓严词道："什么时候卖给山爷啦？文桂一家就这么点儿谷子，会卖给肖玉山？简直就是笑话，你们这是巧取豪夺。"

肖龙仗着肖玉山这棵大树，狐假虎威惯了，哪能把国理放在眼里。此时他鼻孔一哼道："哈哈，巧取豪夺，是又怎么样，有胆你们找山爷说去。"

"你好大的狗胆，敢与我爹这样说话。"守候在父亲身旁的晏清见肖龙气焰如此高涨，早已青筋暴鼓，此时他箭步向前，一手扣住肖龙的脉门道，"肖龙，你若再不喊他们停下来，我废了你。"

肖龙没防备晏清会来这一手，手腕痛得冷汗直冒。但他仗着人多势众，认为国理不敢把他怎么样，便冲割稻子的人吼道："你们看我做什么，快割呀。"

正在这时，柏弟已带着一帮年轻人赶来了，他们扑入田中去抢割稻子人的镰刀，于是你推我拉，乱成了一团。肖龙不顾手腕疼痛，对割稻子的人吼道："你们的手端了豆腐吗，带的家伙哪去啦？"这些人听肖龙发了话，便镰刀一丢，从腰中抽出铁棍，对准南湾的人一阵乱打。柏弟等人也不甘示弱，挥动拳脚向对方扑去。三十多人搅作一团，顿时喊叫声、呼号声乱成一片。

看到如此惨景，荣桓冲下稻田，冲柏弟喝道："大哥，你叫南湾的人先停下来，听我说几句话。"然此时的稻田里乱成了一锅粥，柏弟想退回来，已被肖龙带来的打手围在了中间。情形如此危急，想制止也制止不了了。荣桓只得退了回来，站到高处的田坎上，拿出在长沙街头游行呼口号的激情，大声说道："农友兄弟们，你们当中大多是穷苦人出身，无论是肖姓，还是罗姓，天下穷人是一家人。你们都停下来，不要听信坏人的唆使，做兄弟相残的愚事了。"但他的话，犹如腾腾的烈焰中洒下一瓢水，除了南湾的几个人想退出来而无法脱身外，没有太大的反应。

肖龙带来的人，都是肖玉山豢养的家丁，会些武功。不管荣桓如何地喊话，没有肖龙的发话，他们不敢住手的。荣桓见如此情形，对肖龙喝道："肖龙，叫他们住手，再打下去会出人命的。"肖龙冷哼一声说："事情到了这种地步，我也没办法。"晏清一看肖龙摆出副死猪不怕开水烫的架势，抓住他脉门的手猛一使劲儿喝道："听到没，叫你们的人住手，再不住手，我捏死你。"肖龙整个人往下一矮，"哎哟哟"尖叫了一声。晏清手一松，他又冷笑着大叫道："打吧，往死里打，看谁的脑壳硬。"

正在这时，肖宗潘急匆匆赶来了。他冲肖龙断喝道："肖龙，你赶快叫他们住手。"肖龙见是潘先生来了，气焰立时灭了三分。潘先生在肖氏家族中是说一不二的角色，连肖玉山都畏他三分。此刻肖龙像泄了气的皮球，说道："你叫南湾的人先停下来嘛。"肖龙的人看见肖宗潘来了，知道这场架是打不下去了。又见南湾的人一个个被国理拉开，便都乖乖停下了手中的铁棍。参加械斗的三十多人中，有捂胳膊擦腿的，也有几人被打得头破血流，蹲在地上呼痛不止。水生的头部被肖龙的人用铁棍打破了一个洞，血流如注。荣桓知道有肖宗潘在场，肖龙不敢如此嚣张了，这才挽住水生的胳膊往南湾街走去。一场血腥的械斗到此结束了，但由此带来的惨痛教训，令人难以忘怀。

第二天，国理与宗潘专程去肖家大屋找肖玉山交涉。肖玉山表示对这件事情事先并不知情，全是肖龙自作主张。最后呵呵一笑道："都是一场误会，纯粹的误会。既然两位来了，我岂能不给面子。这样吧，文桂田里的谷子我也不收了，佃给他的田，先让他种着吧。至于欠我的那点钱，叫他给我帮工一年，一年后两不相欠，种的田按年给我交租就是，理先生你看如何？"事已至此，国理知道再怎么说，也没什么用处了，只好就此了事。

柳树坝事件后，荣桓陷入了深深的思索中。他想：为什么有钱人总是欺压穷人？为什么穷人有理无处申诉？世间的公平正义到哪儿去了？带着这一连串疑问，九月初，荣桓回到了长沙协均中学。

此时，湖南督军谭延闿被迫下台，赵恒惕督军湖南。赵恒惕是个杀人不眨眼的反动军阀，他残酷地镇压学生工人运动，令人杀害了工人运动领袖黄爱、庞人铨。黄、庞被杀后，省内外舆论群起攻之，工人运动蓬勃发展。之后，长沙几乎所有行业的工人都开始了罢工。荣桓和广大学生一道，积极参加游行示威，散发传单，严厉谴责反动军阀镇压工人的暴行。

长沙的政治风暴如火如荼，南湾这个闭塞的小山村仍似一潭死水，没有半点儿波澜。尽管这一年遭受了少有的大旱灾，地主豪绅仍加紧对穷人的盘剥和欺诈。

第十章

远赴青岛求学

成立学友联合会

这一年，为了拯救国家危亡，毛泽东在长沙成立了新民学会，创办了著名的《湘江评论》刊物。与此同时，长沙协均中学也创办了《新湖南》，与《湘江评论》组成统一阵线。在协均中学读书的罗荣桓深受其进步思想的影响，积极投入到了反帝反封建的斗争之中，思想也逐渐成熟起来。过去一直感到迷惘的问题，渐渐找到了答案。他终于明白，穷苦人之所以穷，是由于田地都让地主豪绅给霸占了。而造成这一历史根源问题的原因，除了地主豪绅的残酷掠夺外，反动专制统治是维护地主阶级利益的罪魁祸首。穷苦人要过上好日子，就必须要民众联合起来，推翻反动统治阶级。

为了提高平民的思想觉悟，唤起民众的斗争精神，这年的暑假，罗荣桓一回到南湾，就仿照长沙新民学会的模式，倡导成立了衡山土梦学友联合会。

当时的衡山县建制是按十七个字划分十七个管理区，即朝、宗、于、海、九、江、孔、殷、沱、潜、既、道、云、土、梦、作、爻等。南湾长岭一带隶属梦字区，土字区包括高湖草市一带。两区紧邻，相距也不过三四十里地。罗荣桓通过岳英小学的同学们联系，广泛邀集土梦两区的学友成立了学友联合会。在成立大会上，罗荣桓被推举为土梦学友联合会的会长，并亲自为该会拟订了十六字方针，即"联络感情，增长知识，移风易俗，促进社会"。联合会决定首先以开展平民教育运动为主，以提高民众的思想觉悟，并利用岳英小学校舍，办起了一所农民夜校，开设了国学和算术两科课程，罗荣桓亲自担任夜校的算术教员。

夜校学员中，有罗荣桓本家的侄儿、侄女，如敬贤和桂英等。也有本地人和外地人，如水生、成生和黑牯。凡愿意来夜校学习文化的，一概予以接纳。每天晚上，岳英小学的教室里挤满了男男女女，罗荣桓教的班更是座无虚席。在昏黄的煤油灯下，罗荣桓既教习文化知识，又讲述全国各地反帝反封建的形势，讲到了穷人为什么穷、富人为什么富的根源。特别是针对夏云生事件，通过现身说法，讲到了为什么要识字，不识字有些什么坏处。

夜校学员中，有很多不识字的穷苦青壮年。比如罗水生、罗成生、罗文桂、肖庆云等人。这些人连自己的名字都不会写。通过两个月的夜校学习，不但学会了一些常用字，更开阔了眼界，懂得了人生的不少道理。

实行男女平等，废除不合理的封建制度，是学友联合会的一大内容。当时，女子裹脚之风仍然盛行，这显然是摧残女人身心健康的一大封建枷锁。如不解除这道枷锁，女人将永远是家务和生育的工具，更别说实行男女平等了。荣桓从懂事的时候起，看到一双好好的脚被裹成那样，就坚决反对这种愚蠢的做法。前两年母亲要给小妹翠娥裹脚，荣桓知道后坚决反对。在荣桓的干预下，翠娥的脚硬是没有裹成。后来，贺氏也被荣桓说服了，侄女桂英、群英和凤英等人都没再被裹脚了。这次荣桓决定以土梦学友联合会的名义，再发动一次"放脚"运动。首先，荣桓利用夜校讲课之机，历数裹脚的坏处，讲述长沙等地如何把裹脚看成是一种对女人的人身摧残。同时，倡导土梦学友联合会的成员以身作则，动员家人和亲戚不再做裹脚的愚蠢事。虽然他的努力换来了多数妇女的认同，有不少裹脚的妇女放弃了这个想法，但几千年来的封建观念像一个顽疾，已经是根深蒂固，一下子难以根除掉。许多人听过课之后，只当是一种笑谈，觉得女人不裹脚，就不像是女人了，所以继续裹脚的事时有发生。

荣桓也明白，要根除这个痼疾，只能一步步来，不是一朝一夕之事。他听说庙冲表舅家五岁的女孩英子正打算裹脚，便决定从自家人做起。

这天一早，荣桓来到表舅家，人还没进屋，就听到屋里传出表妹英子的哭喊声。

荣桓直奔房内，只见英子泪流满面地坐在竹椅上，一双小脚被一团白棉布裹成两个圆球。荣桓蹲下来轻抚英子的双脚问道："英子痛吗？"英子抽噎着点点头。他站了起来对表舅说："舅舅、舅妈，都什么年代了，你们怎么还在为英子裹脚啊？"

表舅讪笑道："是你舅妈非要帮她裹的，说是女人不裹脚，将来嫁不出去的。"

平时荣桓对表舅可尊敬了，此刻听表舅说出这番话来，不高兴地噘嘴道："要我如何与你讲呢？喊你去南湾上夜校，你不去。都什么年代了，你们还在为表妹裹脚，这样会害了她一世的。"

表舅妈笑道："荣桓，话可不能这样说呀，一个女人家不裹脚，将来嫁都没人要的，怎么会是害了她啰！"

荣桓噘嘴道："舅妈你不懂，如今是民国了，不兴裹脚那一套了。你也不想想，一双好好的脚被裹成那样小，好看吗？长沙的人如今一听说谁还在裹脚，都会耻笑，笑他思想愚顽不化，就连学校招生都不招小脚女人了。"

表舅沉默了一会儿说："细想起来，我看荣桓说得有些道理，英子她娘，就听荣桓的，还是别裹了吧。"

"这……这个……好吧。"表舅妈无奈地摇摇头，叹了口气。

荣桓一听表舅和表舅妈同意英子不裹脚了，也不说话，径直来到里屋背起英子就走，边走边说："舅舅、舅妈，我把英子接到我家去了。舅舅，不识字是不行的，晚上你可要来南湾上夜校啊。"

"这个荣桓，真拿他没办法。"表舅无奈地摇了摇头。

英子在荣桓的坚持下，脚被放了，经过调养，被裹得又红又肿的一双脚板很快恢复了原来的模样。

荣桓为表妹放脚的事很快在当地传开了，人们深信荣桓言出必行，不光是说给别人听的。荣桓又趁热打铁逐户上门讲道理做工作。于是，不少正准备为女儿裹脚的人，放弃了想法。已经被裹了脚的，大多数也放了脚。

土梦学友联合会的成立，除了帮助穷人认识反动统治的嘴脸和教习农友识字外，"放脚"运动是帮助妇女翻身求解放的一个最显著的成效。

青岛求学

1923 年的初春，长沙社会各界反帝反封建的政治斗争已经白热化。在长沙协均中学读书的罗荣桓与进步同学们一道，参加了长沙社会各界六万多人举行的要求归还旅顺、大连，否认"二十一条"的示威游行。此时的罗荣桓，经过这些年来的所见所闻，思想上有了新的飞跃，已经由一个书生气十足的学生变成了具有新民主主义革命思想的青年。每次游行，他都走在队伍的前列，并积极组织同学走上街头、高举标语，发表反对外侮和抵制日货运动的演说。

南湾这片弹丸之地，随着时局的动荡也变得不安起来。土豪劣绅趁机掠夺财富，加紧搜刮民脂民膏。四方山的土匪也蠢蠢欲动，纷纷下山拦路抢劫。灾难深重的穷苦人整日提心吊胆，遭受着"两土"的双重煎熬。

有一天，柏弟外出行医，路过高湖一带的山林时，正遇一伙土匪在抢劫一个过路商人。素有侠义心肠的他来不及多想就丢下包袱，施展拳脚就势打倒了几个土匪。可是，土匪越聚越多，柏弟被十多个土匪围在当中，一顿拳打脚踢，终因寡不敌众，被打得头破血流，躺倒在地晕了过去。土匪们却扛着抢劫的财物扬长而去。直到半夜时分，柏弟才慢慢苏醒，回到了南湾。自此，柏弟一病不起，经多方治疗仍无济于事。三月二十一日，年仅三十四岁的柏弟离开了人世。

五年之内连丧两子，国理一家人沉浸在无比的悲痛之中。特别是国理夫妇，病倒了一个多月。这段时间，居住在鱼形的次子晏清肩负起照顾全家人的责任。每天一早把鱼形的铺子交给妻子打理后，晏清便跑到南湾街帮助父母亲处理家务，教习璇魁经营铺面生意。

此时在长沙读书的罗荣桓，由于湖南督军赵恒惕对参加反日爱国运动的工人、学生百般镇压，被列入"不法学生"的黑名单遭到搜捕，六月中旬，他被迫离开了长沙。反动军警为了抓捕学生，严格控制了车站、码头，罗荣桓只得步行回到南湾。

罗荣桓的归来，给国理夫妇悲痛的心灵带来了安慰。罗国理再三恳求，时局如此混乱，希望荣桓再也不要离开南湾了，留在家中帮助管理永隆杂货铺，或者当个教书先生，这样一家人团聚在一起才放心。此时的罗荣桓十分理解父母的心情，但一个已具有民主革命思想觉悟的青年，怎么会安于现状，当个小商人或教书先生呢？他一面宽慰父母，在家帮助管理一下铺子或做些农活；一面继续兴办农民夜校，宣传新民主主义的革命思想。同时，还常与长沙协均中学的同学保持联系，积极寻求去外地求学的机会。

不久，罗荣桓收到一位同学从北京寄来的信，希望他能去北京的湖南会馆补习功课，以备报考大学。湖南会馆是由几位在北京师范大学毕业的湖南籍学生为帮助同乡报考大学而举办的一个补习班。荣桓收到信后很是高兴，又担心父亲不让他去上学，便与二哥晏清商量去北京读书的事。晏清全力支持五弟继续读书，并出面做通了父母的工作。国理知道留不住荣桓，但去北京读书需要一大笔钱。这些年来又是官司又是旱涝灾害，铺子生意不景气，地里收成也不好，家中人口多，几乎没什么积蓄了。考虑到学费的支付，国理不免面有难色。晏清说："爹别担心，学费由我来想办法。"幸好这些年里，晏清在鱼形经营杂货铺和染铺还有些积蓄，加上国理又凑了些钱，这年的8月间，荣桓如期启程去了北京。

湖南会馆设在北京骡马市大街南侧的烂漫胡同。荣桓来到补习班后，由于收费过高，口袋里的钱缴过学费后已所剩无几了。他省吃俭用，每餐上街买点玉米饼或烤红薯充饥。第二年的6月份，补习班结束，恰好山东私立青岛大学到北京招生，罗荣桓和补习班的部分同学参加考试后，被该校工科预科录取。7月初，他离开北京去了青岛。

当时，青岛也与全国各地一样，反帝反封建的浪潮如火如荼。在校期间，为了抵制洋货，维护国家尊严，罗荣桓与同学张沈川仿效各地实业社的模式，以同学入股的方式筹办了一个"三民实业社"，聘请技师生产肥皂与火柴等。还把生产出来的肥皂和火柴邮寄了一大包回南湾，并写信自豪地告诉父母兄弟说："这是我们自己生产的中国产品，以后叫它们肥皂、火柴，再不要叫洋碱、洋火了。"

1926年的初夏，在青岛大学即将毕业的罗荣桓，整天闷闷不乐，苦苦思索着毕业后的去向。面对国家的内忧外患，教育救国、科学救国、实业救国的道路都尝试过，但都没有成功。看到祖国各地满目疮痍的景象，他想当一名建筑工程师，为国家的大厦建设出力，于是打算先去国外留学，学成回国后报效祖国。于是写信要家里筹集两千块大洋作为留学的费用。

国理收到荣桓的信后，与晏清一道想方设法东拼西借，仅仅筹集了一千块大洋，相差的一千块大洋实在没有办法了，国理便打算把自家唯一的一块油茶山卖掉。可买主知道国理等着钱急用，往死里压价，只出两百块大洋。如此一来，茶山自然没卖成。加上此时的罗荣桓受革命志士政治斗争的影响，思想上有了变化，打消了出国留学的念头。

6月份，罗荣桓在青岛大学预科结业后，由青岛乘货轮南下准备到广州报考中山大学。临行前，上海学联的负责人侯绍裘为他写了一封介绍信。到达广州后，经过与不少革命志士的接触，罗荣桓看到了飞速发展的革命形势和工农大众的革命热情，心中豁然开朗。这时候他才明白：所谓的教育救国、科学救国、实业救国都是行不通的，只有拿起枪杆子推翻反动统治，穷苦人才有救，中国才有希望。

当时，正是北伐战争爆发，需要大量的青年从军。不少青年学生都积极报考到了黄埔军校。罗荣桓因眼睛近视，不宜报考军校，便写信回家要弟弟铨衡和"土梦学友联合会"的青年到广州投考黄埔军校。铨衡等十多人日夜兼程赶到广州考入了黄埔。荣桓因报考中山大学德语没考好而未被录取，便与进步青年一道投入到了广州的工人、农民革命运动中，与共产党的负责人有了深入的接触，并十分拥护共产党的政治主张。

这年的9月初，北伐军攻克了汉口与汉阳。10月10日，又攻

罗荣桓在青岛求学时期

克了武昌。与此同时，湖南、广东的工人农民运动蓬勃向前发展，中国革命的高潮犹如狂飙巨澜，猛烈地冲击着帝国主义、封建主义和官僚资本主义的统治堡垒。在这种飞速发展的革命形势面前，罗荣桓激情澎湃，他想到了自己家乡的地主恶霸鱼肉百姓，劳苦大众深受压迫欺凌的情景，思绪万千。为解救家乡劳苦大众于危难之中，经与广州的共产党农民协会负责人联系，他决定回到家乡发动农民革命，成立农民协会，与全省乃至全国形成统一的革命阵营。于是在这年的 11 月初，罗荣桓肩负着革命的重任，风尘仆仆地回到了家乡南湾。

第十一章　兴办农会

回乡办农民协会

几个月来，湖南农民运动的浪潮汹涌澎湃，各种各样的信息传到了偏僻的南湾。有人说，衡山的农会把那些平日作威作福的豪绅抓了起来，戴上高帽子游垅，还分了他们的粮食和田地，穷人有救了。南湾要是有人出来领头，也来个打土豪、分田地就好了。也有人说，这社会本来就不公平。打土豪、分田地固然是好事，可也是个得罪人的事，只怕没人愿意出来领这个头了。更有人说：别做美梦了。地主豪绅的田地是那么容易分得的吗？比如财大势大的肖玉山、罗西木、罗金生，脚一跺地皮都发颤，谁敢动他们一根汗毛啊？

一时间，众说纷纭。大多数穷苦人希望有这么一个人站出来为他们撑腰，领着他们干。就在这时候，荣桓回到了南湾。

罗荣桓踏进家门的当天，左邻右舍听说他回来了，纷纷来到他家打听外面的局势。当然，问得最多的还是农民协会打土豪、分田地的事。从他们的话语中，荣桓看到了希望，不由信心大增，觉得这正是发动群众、筹办南湾农民协会的大好时机。为了确保农民协会置于共产党的正确领导之下，在回家的第二天一早，按照联络地点，他不顾劳累，步行来到了衡山县城。此时已是傍晚，在县城十字路口的钟表修理铺，他找到了共产党的地下联络员钟表匠老赵。经老赵介绍，他当晚见到了共产党的县委、县农协负责人。罗荣桓向县委详细汇报了南湾的形势与穷苦人渴望翻身的激情。县委负责人听取了罗荣桓的情况汇报后，觉得时机已成熟。当即决定成立衡山东乡梦字九区农民协会，由罗荣桓牵头组织，宣传发动群众，尽快建立农民政权。罗荣桓领取了一系列行动纲领等指示后，第二天一早就赶回了南湾。

国理的五公子回乡举办农民协会的消息，立时传遍了南湾的上垅下湾。不少人仍不放心，纷纷来到南湾街向荣桓打听虚实。荣桓反复向他们宣讲全国的形势，讲解农民协会的意义和宗旨。大家听说农民协会是帮穷人打土豪、分田地、闹翻身，使家家有田种、人人有饭吃的组织，激动得争相拉住荣桓的手说："要是我们今后有田种、有饭吃了，那你真是我们的大恩人啊！"荣桓纠正道："我个人没那大本事，农会是共产党领导的农民政权，共产党才是我们穷人的恩人啊！"

荣桓回乡办农民协会的消息，同样也传到了南湾那些土豪劣绅的耳朵里。之前，他们也已听到衡山闹农会的事。农会把那些地主土豪戴上高帽子游垅、还分了他们的家财。对此，他们早已是又恨又怕，惶恐不安。如今听说南湾那个昔日的"书呆子"也回乡要闹起农会来了，更是火烧屁股，坐立不安了。这一天，肖玉山以商量地方治安为名，打发一名长工把罗国理叫到了肖家大屋。在座的有当地的几大豪绅肖仁秋、谭宗贤、罗西木、罗金生等。一阵寒暄后，肖玉山冷哼道："理先生，听说你家五公子回来了，还要搞什么农会，可有此事？"

国理笑了笑说："他一个读书人，还不是受了外面的影响，说说了事！"

"哼！"肖玉山一反往日的温和笑脸，黑着脸道，"好好管教你五公子，要他好好去读他的书，什么农会呀？别在这瞎折腾白费事了。"

罗西木阴笑道："不是我小看你家五公子，一个书呆子能闹出什么大气候啊。跟在别人屁股后面跑，迟早是要吃亏的。"罗金生鼻孔哼了一声说："也不看看我们这些人是哪个。你说，南湾上垅下湾这块地盘，除了我们在座的几个，还能有谁翻得起天。"

"眼镜蛇"冷哼道："别怪我丑话讲在前头，真要到了那时，我们没得好日子过，你国理怕也不好过日子了。"

罗国理无端遭受了一顿恐吓与挖苦，气呼呼地说："你们这是说的什么话？为人不做亏心事，半夜敲门心不惊。没做坏事，你们心虚什么？"

肖玉山冷笑道："你话怎么能这样说？我们这些人是什么人你也晓得的，哪有什么心虚啊。我们今天叫你来，全是为了你家五公子好啊。别到时羊肉没吃到，落得一身臊。"

罗国理见这些人越说越不像话，气得"哼"的一声摔门而出，气呼呼回到了南湾。晚饭时，他对荣桓说："我看你还是出去继续读书吧，搞什么农会呀，别在这折腾了。"

"我怎么是折腾呢？"正在吃饭的荣桓停住筷子道："爹，是不是你听到什么啦？"

国理摇头道："别人说什么我倒是不怕，只是如今时局不稳，将来怎么样实在难以预料啊！"

晏清道："爹，想必是你今天去了肖家大屋，那些人说闲话了吧。依我看，他们是怕了。他们越怕，就越说明他们心虚，农会就越要搞，看他们能怎么样。"

荣桓道："如今全省乃至全国都在搞农民运动。时代潮流在向前发展，别说是他们几个土豪劣绅，就是那些大军阀、大政客，都阻挡不了的。油麻田听说了吧，那个刘岳峙还是省党部的农民部长，官也算大了吧。可农会一来，他还不是吓得逃之夭夭了。爹，玉山这几人是心虚害怕了，你就放心吧。"

自回到南湾以来，荣桓天天晚上出门，走东家串西家，讲形势、讲道理，宣传发动穷苦人起来闹翻身，每天很晚才回家。贺氏为此很是担心，总是一边纺纱一边等候荣桓。直到荣桓回家了自己才去睡。而每晚荣桓出门前，贺氏都要塞上一根木棍子给荣桓，叮嘱他防身用。

经过一个多月的宣传发动，不少穷苦人都表示要参加农会，跟着荣桓干。特别是肖庆云与罗成生，每晚陪伴在荣桓左右，一道上门做穷人的思想工作，又担负着保护荣桓的任务。有了这支中坚力量，荣桓信心十足。他决定，自己只做些宣传发动与上级联络方面的工作，农会主席和副主席等人选，由苦大仇深的人来担当。经各项工作筹备妥当，荣桓决定召开梦字九区农民协会成立大会。

　　1927 年的元宵节才过去几天，南湾街人头涌动，热闹非凡。耍龙的，舞狮的，在锣鼓的指挥下，龙飞狮舞，赢得了阵阵喝彩声。人们都清楚，南湾街有好些年没有这样喜庆热闹过了。这天是个不寻常的日子，因为今天是农民协会成立的大喜日子。那些平日里愁眉不展的穷苦人，听说要成立农民自己的政权，还要批斗大恶霸和土豪劣绅，纷纷笑逐颜开地从四面八方赶了过来。南湾街的戏坪里，有一队佩戴红袖珍的农民自卫队员在巡逻；街头巷尾，到处是手拿梭标的童子团员在放哨，气氛热闹而又显得有些严肃。

　　南湾街的戏台上，布置得庄严而又肃穆。戏台两侧贴上了大红的对联，左联是：洗外辱，惩国贼，革命志士齐努力；右联是：打土豪，分田地，穷人当家做主人。横批是：衡山县梦字九区农民协会成立大会！

　　台前放有一张桌子，后面依次坐着罗荣桓、肖庆云、郭黑牯、罗成生、罗翠娥等人。随着一阵鞭炮声响起，罗荣桓站立台前大声道："广大农友们，衡山东乡梦字九区农民协会今天正式成立了！经农会推荐并报请县农会批准，由以下同志担任农会的职务：肖庆云任农会主席；郭黑牯任农会副主席；罗成生任农会自卫队队长；罗翠娥任农会女子联合会主任；罗敬贤任农会童子团团长。"名单刚一宣布完，台下掌声雷动。台上的肖庆云站立了起来，高举右手带头呼起了"农会万岁！打土豪、分田地，贫苦农民要翻身"等口号。待口号停顿下来后，罗翠娥又领着大家唱起了《总理遗嘱》歌，歌声庄严洪亮，响彻云霄。

歌声一停下，罗荣桓接着说："农民协会是我们穷人自己的政权组织。农会的宗旨是打土豪、分田地、闹翻身，一切权力归农会。今后的一切行动都要在农会领导下进行。俗话说得好：人心齐，泰山移。只要我们大家团结一心，没有办不成的事。大家都听说过油麻田吧，省党部的农民部长刘岳峙富甲一方，在老家油麻田建有一座庄园，号称'油麻国'。过去谁也不敢动油麻国的一片树叶，自农会成立后，千多名农协会员冲进油麻国开仓放粮，吓得刘岳峙逃之夭夭了。"

台下人听了，欢呼声、感叹声、议论声交织成一片。

停了停，荣桓提高声调说："农友们，大家想想，为什么种田人没有饭吃、没有衣穿，而不种田的人反倒餐鱼、餐肉、穿绫罗绸缎？有人说这是命中注定的，不是的。这是统治阶级用来欺骗穷人的伎俩。世上只有好人和坏人之分，没有命好、命不好之说。穷人之所以穷，就是因为没有自己的土地，土地都让地主豪绅霸占了。穷人佃租地主的土地辛辛苦苦做一年，交去租子就没剩几粒粮食了。这样下去，穷人是没有活路的。要活下去，只有一条路，就是团结起来与土豪劣绅做斗争，夺回我们穷人的土地。"

台下又爆发出一阵热烈的掌声和口号声！

这会儿，只见罗成生立于台前高喊道："把大恶霸罗金生和恶霸管家肖龙押上台来。"这次本要抽斗肖玉山的，无奈狡猾的肖玉山一看风头不对就躲起来了，自卫队员便将肖龙绑来了。

这时，只见两名自卫队员将五花大绑的罗金生与肖龙押上了台。这两个平时作恶多端的恶霸，此时像泄了气的皮球，戴着一顶纸糊的高帽子，瘫软在台上，连正眼都不敢看台下一眼。此刻，群情振奋，"打倒恶霸罗金生，打倒劣绅肖玉山，打倒恶霸狗腿子肖龙"的口号声此起彼伏。

大会过后，自卫队员押着罗金生与肖龙游起了垅。游行队伍从南湾出发经长岭再转道罗家垅，路线长达十里。参加游垅的群众由几百人到沿路陆续加入到上千人，声威之大盛况空前。大长了穷人的志气，沉重打击了土豪劣绅的嚣张气焰。

随之，农会又组织了几次"吃大户"行动。土豪劣绅如惊弓之鸟，惶惶不可终日。

遭遇抵制，一波三折

农民协会的蓬勃发展，激怒了肖玉山、罗金生等土豪劣绅。以肖玉山为首的几大土豪劣绅聚到了一起，企图共同对付新生的农民政权。

这天，肖家大屋肖玉山家的客厅里宾客满座。罗金生、罗西木、肖仁秋等人都来了。早几天农会的人吃了肖仁秋家的"大户"，不但开仓放粮，还杀了一头猪，并责成他把五分之四的田地交出来分给穷人。此刻只见肖仁秋哭丧着脸说："这样下去我们没活路了。请山爷赶快拿个主意啊。"罗金生愤然道："我们这些人都是一棵树上的苦瓜了。今天是肖仁秋，说不定明天是我罗金生，后天又是山爷你了。再不想个办法，我们这些人只有死路一条了。"

此时的肖玉山只顾"吧嗒"抽着水烟，丝毫没理会他们的说话。罗金生急了："山爷你发话啊！你要是怕了，我不怕。明天我再去一趟四方山，叫上些土匪把罗国理家全端了，看那个'书呆子'还敢搞农会不。"

"胡闹！"这会儿肖玉山放下烟壶道，"你以为让土匪把国理家端了他们就不会搞农会了吗？如今搞农会不仅仅是南湾，各地都在搞，弄不好还会落下口实。眼下大势对我们十分不利，我们千万要稳住阵脚，走一步看一步，决不能莽撞行事。"他扫视了大家一眼，见他们都不作声了，这才又说："目前我们要做的不是公开对抗，而是要设法瓦解他们的力量。在座的都是地方上的财东，手中都有些佃户的。我看这样吧，你们回去对那些佃户说，谁要是加入了农会，就收回谁的田地。我想这样一来，会阻止一部分人加入农会的。"

"好，不愧是山爷，想出的办法就是高明。"罗金生首先表示赞同。其他的人也连连点头赞同这办法好。

这天晚上，罗荣桓来到肖庆云家。肖庆云说："荣桓，你不来我也正要去找你哩！"

"哦，有事吗？"荣桓道。

肖庆云点点头："这几天肖龙到处活动，凡是肖玉山的佃户他都通知不准参加农会，也不准参加农会的活动。凡参加者，说是肖玉山要收回佃租的田地。他的这一招确实吓住了一些人，这几天，有几个加入了农会的佃户，找到我闹着要退会，你看怎么办？"

"这事我已经听说了。"荣桓胸有成竹道，"罗金生、肖仁秋也在到处活动，阻止穷人加入农会。看来他们是有预谋地破坏新生的农民政权。他们采取的是威吓手段。真要退佃，谅他们也不敢。这事也先别急，只能慢慢做好佃户的工作。工作中你也可以承诺，农会成立起来后，一切权力归农会，他肖玉山是不敢退佃的。"

"有你这话我就放心了。"肖庆云道，"刚才肖春苟还在我这吵着要退会哩。"

"我们去他家看看。"荣桓说着便与肖庆云出了门。他们踏着月色，翻过了一道小山梁，来到一栋低矮的茅屋前。

这是一栋只有三间房子的茅屋，房前没有丝毫的遮挡，一眼就能望到屋顶上的茅草。进门的一间既是厅屋也是灶屋。里面两间房子一间是儿女的睡房，另一间是春苟夫妇的住房。此时春苟妻子正躺在床上喘气，见荣桓他们来到，欲要挣扎着坐起来，荣桓忙说道："嫂子你别起来，躺下好好休息。"肖庆云说她得的是肺痨，睡在床上的日子多。这会儿，荣桓他们退回到厅屋，三个人在小板凳上坐了下来。荣桓从口袋掏出两块大洋递给春苟："我身上只有这点钱，去给你堂客买点药吧。"春苟推辞不要，肖庆云说："荣桓给你，你就收下吧。"春苟收下钱，问肖庆云："这么晚了找我有什么事吗？"荣桓说："你是肖玉山的佃农？"春苟点点头："是的，佃了他两亩田。""那么一年缴多少租子呢？"荣桓又问。春苟长叹了一口气："东六佃四，除去交租子，家中就没什么谷子了。"荣桓紧紧追问道："大灾之年，东家减租吗？"春苟摇摇头："那些东家管你灾不灾的，租子一粒都不能少。少了轻则退佃，重则要送官。"

"哦。"荣桓继续问，"那么你想不想有自己的田呢？"春苟双眼一亮："想啊，做梦都在想，只是屋里穷，买不起田哪。"荣桓接着又问："你晓不晓得农民协会是为了穷人有田作有饭吃，才组织起来打土豪分田地的呢？""晓得的。"春苟答道。荣桓笑了笑道："那你为什么还闹着要退会呢？"春苟被说得低下了头喃喃道："肖龙说不退会就要退佃的。"荣桓转而严肃道："所以你就害怕了。他们那是恐吓你的，是破坏农会的行为。"这会儿肖庆云也插嘴道："荣桓已把这一情况向县农会做了汇报，他们真要退，县里不会不管的。"这时，春苟抬起头对荣桓说："都怪我一时糊涂。请荣桓和庆云放心，我再也不会退会了。你们说怎么干，我听你们的。""那就好。"荣桓拉住春苟的手说，"以后有什么困难就找我，好吗？"春苟点了点头。

从春苟家回来的路上，荣桓鼓励肖庆云道："对那些想退会的会员，要多做工作，使他们心悦诚服，自愿为农会做些工作，切忌简单粗暴。"肖庆云点头道："请你放心，我会按照你的指示，努力做好这个工作的。"

这天的晚上，荣桓回到家里，正在等候荣桓回家的国理夫妇把荣桓叫到跟前说道："农会是搞起来了，你今后有什么打算啊？"贺氏也道："还是找个事情做吧，教教书也好，免得成天成晚在外面跑，我们也不放心。"

"先看看吧。"荣桓道，"农会是搞起来了，农民还没真正觉悟起来，还有很多工作要做的。"

"以后的事情就让肖庆云他们去做嘛。"国理端起水烟壶抽了口烟，说道。

贺氏担忧道："上次农会绑着罗金生、肖龙游了垅，又抄了肖仁秋的家，吃了'大户'，这帮人是不会善罢甘休的。你白天黑夜地在外面跑，可要当心啊。"

荣桓笑笑道："爹娘放心好了，有这么多农民兄弟的支持，怕他们什么呀。"

"大意不得的。"国理又抽了一口水烟道，"明枪易躲，暗箭难防。时局又这么乱，不得不防啊。"

梦字九区的农民协会有如摧枯拉朽之势，沉重地打击了地方豪绅的反动气焰。在荣桓等人的运筹帷幄下，那些害怕退佃而闹着要退会的农会会员，都打消了退会的念头，肖玉山等人的阴谋最终没有得逞。

肖玉山的恐吓分离计谋未逞后，心有不甘，整天思索反扑的办法。站立一旁的肖龙对农会恨得牙根儿痒痒的，见主人成天被气成这样，恨声道："都是国理的那个荣桓惹出的祸事，山爷你咽得下这口气，我肖龙咽不下。干脆，我不如暗中派几个弟兄把那'书呆子'做了，也好出出心中这口恶气。"

"愚蠢！"肖玉山瞪了肖龙一眼道，"你以为害死了荣桓就能阻止他们办农会吗？如今各地都搞起农会来了，连油麻田的刘岳峙都被农会吓跑了。在这种风口浪尖上，千万要沉得住气，别再给我惹出什么乱子来了。"停了会儿他对肖龙说，"你去把金生、西木、莽魁与仁秋都给我找来，就说我有事要与他们商量。"

当晚，几人如约来到肖玉山家，肖玉山把也想成立一个农民协会，与南湾的农会形成对峙之势的想法和盘托了出来，在场的人听了，纷纷表示赞同。

肖玉山道，"我们这个农会还得好好筹划，我看，得找一个佃农来当这个主席，而且要从罗姓中挑选。你们想想看，他们选我肖姓人当主席，我们也选他罗姓人当主席，这样才算名正言顺。当然了，这个主席只是个虚名，实权还是掌握在我们手中的。现在的问题是谁来当这个主席好，请你们推荐一下人选。"

"好主意，山爷说的主席人选嘛，我倒有一个。"罗西木望着肖玉山道，"山爷可曾听说过罗欠苟这人？"

肖玉山点点头："就是那个打牌赌钱，要将女儿卖掉抵债，被你们赶出罗家垅的那个欠苟？"

"正是。"罗西木道，"这个罗欠苟是我侄儿，去年又偷偷回到了罗家垅，如今和一个寡妇姘居在一起。看在亲戚的分上，我只好租了一块地给他耕种。欠苟十分仇恨罗国理，多次扬言要报仇。由他来当主席，我看是最好不过了。"肖玉山沉思了一会儿，这才点头道，"此人的德行我是不敢恭维的，名声也不大好，但用他当这个主席，我看还行。"又接着对其他人道，"从整个情况来看，如今参加南湾农会的还不到一半农民，余下的一半还在观望等待，这就是留给我们的机会。请你们几位务必派人逐户鼓动。只要加入我们农会的人数比南湾农会的人数多，我们就有优势与之抗衡。这样吧，我先拿出两千块大洋，除了入会登记的每人发给一块大洋外，余下的钱买些枪支弹药，作为成立自卫队的武器。你们看这样如何？"

肖玉山话一说完，其他四人纷纷鼓掌表示赞叹。罗金生哈哈大笑道："有山爷如此的周密安排又慷慨解囊，何愁大事不成？为表诚意，我也出五百块大洋作为农会的经费。"西木、仁秋、莠魁见了，也纷纷表示愿意出资。

就这样，一场利用假农会对抗新生的农民政权的斗争，由此拉开了序幕。

罗家垅的罗欠苟听说让他当寒水的农会主席，觉得是喜从天降，二话没说就爽快地答应了。上任伊始，在罗西木的授意下，罗欠苟网罗了二十多个地痞流氓，成立了一支所谓的农民自卫队，由肖玉山的一个远房侄子肖夏生任队长。自卫队员全都配备了长枪，表面上打着农会自卫队的幌子，实际上充当了地主豪绅的保护伞。

这天晚上，荣桓召集农会的几名骨干成员开会。会议一开始，荣桓像往常一样，做了开场讲话。他说："农民协会成立以来，虽然打击了恶霸豪绅的反动气焰，劳苦大众也扬眉吐气了，但目前的形势仍然很严峻。全省虽然有五十多个县相继成立了农民协会，由于反动统治阶级的捣乱，有的地方出现了土豪劣绅反攻倒算事件。为了巩固新生的农民政权，县委、县农会指示我们：第一，要进一步打土豪、分田地，使劳苦大众都有田种、有饭吃；第二，要广泛动员农会会员，以实际行动支援北伐军，包括筹措钱粮和赶制布鞋。钱粮与布鞋虽然没有分配具体指标，但我们梦字九区不能落后于其他区。大家商量一下看怎么办，总的要求是要保质保量完成任务。"

荣桓一说完，肖庆云接口道："上面交给的任务肯定要完成，赶制布鞋的任务就交给女界联合会去做。至于筹措钱粮的任务，由我们分头行动，先向本区的几大土豪筹集。比如说肖玉山、罗金生，荣桓你看怎么样？"荣桓点点头："好吧，那些个土豪是不会甘心出钱出粮的，筹措当中要注意方法，要保护好自己人。既要筹到钱粮，又要保证会员毫发无伤。"

成生担忧道："这些土豪对钱财吝啬得要命。要是他们不肯出钱出粮，那怎么办呀？"

坐于一旁的农会副主席黑牯道："抗拒交钱、交粮就是劣绅，可以趁机抄他的家，吃他的'大户'。这样一来既支援了北伐军，又救济了穷人，岂不是好事吗？"

成生一拍大腿道："好，这事就交给我们自卫队来做吧，我们保证完成任务。"

罗敬贤也争着道："我们童子团也去。"

荣桓笑着点头道："我看这样吧，大家分头行动，成生领人去肖家大屋，童子团去神堂冲。童子团都是些小孩子，为防不测，肖主席你再派个大人跟了去！"

肖庆云答应说"好"，再要想说什么，就在这时，晏清急匆匆推开门朝荣桓叫道："荣桓你出来一下，我有事找你。"

荣桓起身随晏清来到屋外的禾场里，晏清对荣桓细声说了几句话，荣桓便又重新回到屋内原来的地方坐下道："目前的局势十分复杂，据可靠消息，肖玉山已纠集罗金生、罗西木、莠魁、肖仁秋等人，预谋成立一个所谓的寒水乡农民协会，并购买了大批枪支，企图与我们对着干。如果让他们的阴谋得逞的话，后果是极其严重的。因此，我决定去衡山一趟，向县委与县农会汇报这一新的情况。至于农会目前的工作，仍然按刚才的方案进行。但有一点，工作中务必要提高警惕，小心谨慎，不要上了坏人的当。"

肖庆云点点头道："记住了，你路上要多加小心，早去早回啊。"

这一天，二十多名童子团员在团长的带领下，举着三角红旗，唱着《总理遗嘱》歌，浩浩荡荡向神塘冲进发。他们是奉农会之命，去向罗金生征收粮款的。

这时，罗金生与肖夏生在客厅密谋，正策划利用假农会破坏南湾农会的事。这时家人报告说，有二十多个儿童唱着歌喊着口号向神堂冲走来了。罗金生知道发生什么事了，便冷冷一笑道："送上门的肉哪有不吃的，天助我也。"忙对手下人如此这般吩咐了一番。

童子团员已来到神塘冲大屋的禾场前停了下来，齐声高喊着"罗金生出来"。罗金生大摇大摆走了出来，横在大门前冷笑道："这是哪来的一帮无礼小乞丐，讨饭也不看看这是什么地方，都给我滚开去。"

此刻，童子团团长挺身向前道："罗金生，你讲话放干净点。我们是梦字九区农民协会的童子团，奉农会之命来向你征集钱粮支援北伐战争的。"副团长也接口道："如今前方正在打仗，命令你们这些财主有钱出钱、有粮出粮支援北伐前线，听到了吗？"

"呦、呦、呦，一班乳臭未干的东西，还晓得北伐哩。我们寒水农会怎么没听说有这事呀？"罗金生狂笑道，"什么北伐南伐的，我看是你们这帮穷小子家里无米下锅了吧。"

看着罗金生如此嚣张，儿童们气得不知如何是好。团长想了一下，转身对身后的儿童们说："罗金生抗拒捐钱、捐粮，我们自己进去开仓，大家说要不要得呀？"儿童们齐声道："要得。"

于是，二十多名儿童一齐向罗金生家的大门内拥进去。

罗金生正想命人对先进门的儿童下手，肖夏生忙拦住了他，只见他与罗金生耳语了几句，罗金生皮笑肉不笑地对拥上来的儿童们道："来吧，本老爷有的是钱粮，你们想要拿，都进来吧。"说罢，把儿童们引到里屋的一扇门前，命家人打开门说道："钱粮都在里面，你们自己进去拿吧。"

儿童们听说钱粮在里面，争先恐后往屋里拥。但进到里面，屋里的窗子全被封死，漆黑一团，什么也没有，什么也看不见。正当要退出门时，只见门咣当一声，已被死死锁上，任儿童们用手抠，哭着喊着，仍无济于事。

屋外，罗金生冷笑一声，安排几名手持棍棒的打手守护两旁，专等从屋内往外冲的儿童。

这天傍晚，罗荣桓从衡山回到了南湾，刚进家门，肖庆云便迎了上来。肖庆云把分头向土豪募捐的事说了一通，又说到了去神塘冲的童子团。据跟去的人回来报信说，童子团进门后，全被罗金生关了起来。儿童们在里面又哭又闹，根本无济于事。他已派自卫队去救援了，至今也没见人回。

荣桓听完，大呼"不好"，也顾不上吃晚饭，忙对肖庆云道："你赶紧通知农会会员赶到神堂冲，去的人越多声势越大越好。我先走一步了。"说罢，他举着一支火把，急急赶往五里之外的神塘冲。

此时，天已经完全黑了下来。罗金生见时机已到，吩咐打手道："现在可以开门放他们出来了，出来一个给我收拾一个。"

屋内的儿童们从上午一直被关到现在，惧怕不说，肚子早就饿了，见锁着的门被突然打开，拼命往外挤，跑在最前面的刘仔十五刚迈出门槛，被当头一棒，砰的一声，立时头颅溅出一股血柱，倒在地上抽搐了几下就没动静了。后面的儿童见了，吓得连连后退，重新又回到了屋子里。团长安慰大家说："他们下毒手了，大家都别出门，等着人来救我们。"

正在这时，荣桓已赶到了，他问了罗成生的一些情况后，走向大门擂道："罗金生，我是罗荣桓，你不是要找我报仇吗？我送上门来了。你有事冲我来，别为难孩子们。"

大门仍然紧闭，屋内没有丁点儿声音，死一般寂静。

此刻，远远近近无数的火把向神塘冲汇聚，呐喊声、嚷嚷声响成一片。荣桓招呼成生道："罗金生不愿开门，你们找一根木头把门给我撞开。"罗成生答应一声，喊人找来一根树筒，对着大门几下就把门撞开了。荣桓带头冲了进去，很快找到了关押儿童的房子。当荣桓发现倒在血泊中刘仔十五的尸体时，眼泪夺眶而出。他抱起刘仔十五的尸体，悲愤道："罗金生，连孩子都不放过，你好狠毒啊！"

此时的神塘冲大屋，除了长工、用人外，罗金生及其家人已从后门逃得无影无踪了。

荣桓双眼充满着愤慨，朗声对大家道："农友们，罗金生逃走了，这神堂冲大屋的一砖一木都沾满了穷人的鲜血。现在我宣布：明天就在这里召开大会，除了厚葬刘仔十五外，还要开仓放粮，救济穷苦人，支援北伐军。"

荣桓一说完，群情激愤了，高举火把齐声呼好。

第二天，农会自卫队员在神塘冲大屋的正厅布置了一个灵堂，又在禾场前搭起了一个台子。四面八方的农友纷纷汇聚到这里。罗荣桓登上高台沉痛地说："农友们，大家已经看到了，大恶霸罗金生又欠下了穷人一笔血债。罗金生偷盗销赃，欺男霸女，无恶不作。他欠下的已经不只是刘仔十五一条人命，我们当中有不少穷苦人都受到过他的欺压，被他害得家破人亡的人不在少数。我们办农民协会的目的是要使穷苦人都有饭吃、都有田种，都过上好日子。可是这些土豪劣绅不答应，还在寒水成立了一个假农会，维护他们地主阶级的利益，企图与我们对着干，大家说答不答应？"

台下举起了数百只拳头，高呼："我们不答应，坚决不答应！"又喊起了"打倒罗金生，打倒土豪劣绅，打倒假农会"的口号。声音震耳欲聋，响彻云霄。

待口号声停下来后，荣桓又高声道："穷人要活下去，就必须要站起来与压迫我们的土豪劣绅进行坚决的斗争。我们不但要与罗金生斗，还要与一切土豪劣绅做斗争。我已请示了县委县农会负责人，所谓的寒水乡农会是个非法组织，是假农会，大家千万不要上他们的当，更不要参加假农会。今天除了厚葬刘仔十五外，我们还要开仓放粮，救济穷苦人，支援北伐军。"

荣桓的一番话，像久旱逢甘雨，滋润了广大穷苦人干涸的心田。台下群情鼎沸，一片欢腾。

此刻，正厅的灵堂内，刘仔十五的父母伏在棺材上哭得死去活来。荣桓含泪劝导了一番，并按照安葬老人的礼仪，在隆隆的鞭炮声中，由自卫队员把刘仔十五抬上了山。

肖庆云领着农会一帮人砸开了罗金生家的粮仓，忙着给穷苦人分粮分油，并吩咐罗成生把抄得的大洋登记造册，上缴县农会支援北伐战争。

通过刘仔十五事件，大长了农民协会的志气，狠狠打击了土豪劣绅的嚣张气焰。

第十二章

投身革命，从此戎马一生

经过神塘冲事件之后，穷苦人的思想觉悟有了很大提高，再也没人加入寒水假农会了。当地的几大土豪劣绅表面上老实了许多，假农会也烟消云散。肖玉山等一些土豪劣绅表面上纷纷向农会捐钱捐粮，也表示要支援北伐战争，却在暗地里组成了一个"暗杀团"，妄图暗杀罗荣桓和农会骨干成员。

　　就在这时，罗荣桓收到了同学彭晶明的来信。信中说，他参加了一个根据北伐军后方留守处主任孙炳文指示组成的北伐宣传队，已随北伐军由广州到了武昌，并转入武昌中山大学，建议罗荣桓也去武昌中山大学学习。看过信后，罗荣桓的心情有些复杂。去武昌吧，如今新生的农民运动才拉开帷幕，有大量的工作需要他去做。不去武昌吧，又确实放不下这个接受革命教育的机会。此时的荣桓，思想渐趋成熟，十分渴望到革命的大熔炉里去锻炼。肖庆云等农会骨干知道这一情况后，都赞成罗荣桓去武昌学习，并要求罗荣桓到了武昌后，经常与农会联系，一是传递外面的信息，二是指导农会的工作。

　　自兴办农民协会以来，国理全家人都为荣桓的安危担忧。又听说肖玉山等人成立了"暗杀团"，要置荣桓于死地，更是为荣桓的安危担惊受怕。罗国理和罗晏清知道了荣桓同学的来信后，纷纷劝说荣桓去武昌，以免遭不测。此时的罗荣桓并不惧怕地主组成的所谓"暗杀团"，他想到的是如何解救全中国的劳苦大众。他清楚，全国的革命形势已发生了根本变化，他觉得自己应该投入到更艰巨的革命斗争中去。

1927年3月13日的半夜时分，大地万籁俱寂，皓月当空，罗荣桓只带了一点儿简单的行装，沿着崎岖的山路向武昌进发。从此以后，他跟随毛主席南征北战，为中华人民共和国的成立立下了不可磨灭的功勋。新中国成立后，他身居高位，仍然十分关心家乡的建设事业。每当老家有人去京，他都要了解家乡的建设情况，并鼓励家乡人民努力创造美好的未来。

南湾，这块美丽而神奇的土地，留下了罗荣桓元帅的无数足迹，也曾描绘了农民运动的美丽画卷。如今，南湾人民正继承元帅的遗志，开拓进取，奋勇拼搏，正在建设一个美丽富饶的新南湾！

后　记

　　1927 年 4 月 12 日，蒋介石在上海发动反革命政变，大肆屠杀共产党员和革命志士。湖南的反革命势力也纷纷向革命者举起了屠刀。

　　南湾的土豪劣绅肖玉山、罗金生等人，也已嗅到了有利于地主反动势力的味觉，他们组成了疯狂的反扑阵营，大批拘捕农会骨干分子。几天之间，南湾的农民运动遭到了惨重破坏。南湾的上空笼罩着一层恐怖的乌云。

　　在白色恐怖中，部分农会会员经受不住严峻考验，纷纷写下了自首书，有的逃到外地流落他乡。一个新生的农民政权就这样夭折了。

　　肖玉山、罗金生没有抓到罗荣桓，便把罗国理和许多农会骨干抓了起来。他们想着法子折磨罗国理，把罗国理绑在树下，把一只粪桶挂在罗国理的脖子上，进行残酷的人身摧残。后来，晏清想方设法筹集了一千块大洋，经肖宗潘多方说情，才把国理一家三口赎了出来。罗国理经受这一折磨后，身心遭受了巨大的创伤，从此一病不起，于 1928 年八月二十七日逝世，终年五十九岁。

罗荣桓离开南湾后，先到了武昌中山大学学习，已具有革命思想的罗荣桓积极参加学校的革命运动，很快被吸收为共青团员，不久便加入中国共产党，并被派去参加和领导了鄂南暴动，之后跟随毛泽东同志上了井冈山。随后，他收到二哥晏清的信，得知了父亲去世的消息。可当时正处于革命的紧急关头，他无法回家尽孝，只得含泪写信给家里人表示哀悼。罗国理去世后，贺氏上敬九十岁老母，下育一大帮儿孙，又时时牵挂荣桓的安危，终因积劳成疾，于1934年病逝，终年六十五岁。对于母亲的去世，罗荣桓尽管十分悲痛，但由于当时井冈山环境艰苦且战斗又极为激烈，无法回家奔丧，只得寄信表示哀思。同时，罗荣桓又给颜月娥写了一封信，信中说因时局艰险，为不耽误她的青春，希望她另行改嫁。此时颜月娥已生有一女，受好女不嫁二夫思想的影响，她一直坚守在南湾，直到去世。

　　1937年，已在延安任后方政治部主任的罗荣桓受命北上抗日。临行前，他给老家的二哥写了一封信，字里行间充满了亲情。信中写道：

晏清兄：

　　四月间在延安接到来信，因忙于事务，未先作复，殊为见谅。

现随军北上抗战，以后对家庭更无法顾及。非我无情，实处此国难当前，奈何。弟十年志之所在，想久已谅解，无详述之必要。

玉英小孩蒙兄等爱护，当表示感谢。还希继续扶持，使她能够有所成就，不至陷于无知无识。弟虽战死沙场，毫无顾虑。

此后通讯，如在可能条件之下，当以传递捷报。即此，顺祝全家安好。

这是战争年代罗荣桓写给家里的最后一封信，直到全国解放。

1963年12月16日，伟大的无产阶级革命家、军事家罗荣桓元帅因病不幸去世，享年六十一岁。他的逝世，引起了全党、全军和全国人民的巨大悲痛。毛泽东主席悲痛逾常，夜不能寝，写下七律诗《吊罗荣桓同志》：

记得当年草上飞，红军队里每相违。

长征不是难堪日，战锦方为大问题。

斥鷃每闻欺大鸟，昆鸡长笑老鹰非。

君今不幸离人世，国有疑难可问谁？